hänssler

Nelly Block
und
Constanze Nolting

Tabea und Lea

Die siamesischen Zwillinge aus Lemgo

Nelly Block, geb. 1977, verheiratet, zwei Kinder, ist die Mutter der siamesischen Zwillinge Tabea (verstorben) und Lea, Grundschullehrerin in der Elternzeit.

Constanze Nolting, geb. 1967, verheiratet, zwei Kinder, ist Grundschullehrerin, Mediatorin und Laienpredigerin der Landeskirche von Westfalen.

Die Namen der beteiligten Personen wurden aus Gründen des Persönlichkeitsschutzes teilweise geändert.

Beigefügte CD:
Lied für Tabea: Gott ist da
Text, Komposition und Gesang: Lena Janzen

3. Auflage 2005
Hänssler-Hardcover
Bestell-Nr. 394.137
ISBN 3-7751-4137-5

Internet: www.haenssler.de
E-Mail: info@haenssler.de

Fotos: privat; S. 145 Waldemar Reichert
Umschlaggestaltung: Jens Beilharz
Titelbild: Fotograf: Keith Weller
Satz: Vaihinger Satz + Druck, Vaihingen/Enz
Druck und Bindung: Ebner & Spiegel, Ulm
Printed in Germany

ecpa International Member of the
Evangelical Christian
Publishers Association

· Inhalt ·

· Vorwort ·

»Du musst einfach Gott vertrauen« – dieser Satz wird oft als gut gemeinter Ratschlag in christlichen Kreisen weitergegeben. Doch wie sieht es mit unserem Vertrauen, unserem Glauben an Gott aus, wenn Gott an der Grundlage unseres Lebens zu arbeiten beginnt? Wie viel Vertrauen auf Gott haben wir noch, wenn es uns wie Abraham geht, dessen Leben in der Bibel beschrieben wird? Er sollte seinen einzigen Sohn, den er über alles liebte, wieder hergeben. Können wir überhaupt noch an einen liebenden Gott glauben, wenn das Leben angesichts der Trauer und des Leides sinnlos und leer erscheint? Es ist nicht leicht, doch haben wir, mein Mann Peter und ich, gerade in Grenzsituationen lernen dürfen: Vertrauen auf Gott lohnt sich.

In dem vorliegenden Buch erzähle ich die Geschichte unserer siamesischen Zwillinge Tabea und Lea, angefangen von der Diagnose bis zur Geburt unserer dritten Tochter Dorothea. Es ist eine Geschichte, die Gott selbst schrieb. Es gab viele frohe Momente, aber auch Begebenheiten, die wir gerne anders erlebt hätten. Doch trotz unser Enttäuschungen und Trauer bleibt eins gewiss: Gott ist gut, er steht über unserem Leben. Es ist schwierig, die Erlebnisse von zwei ausgefüllten Jahren auf etwa 160 Seiten aufzuschreiben. So habe ich mich auf das Wesentliche konzentriert und einige Erlebnisse weggelassen. Es ist kein sachlicher oder medizinischer Bericht, sondern ein Teil unserer Geschichte, wie wir sie miteinander und mit Gott erlebt haben. Vieles haben wir erfahren – viel Freude, aber auch Leid zusammen erlebt. Wir haben zusammen gelacht, gebetet, gehofft und geweint – doch nicht nur wir. Es waren sicher Tausende, die unsere Geschichte in den Medien verfolgt, mit uns gehofft, gebetet und getrauert haben. Viele haben uns ihre Teilnahme auch schriftlich mitgeteilt. Sei es durch eine nette Karte, einen Brief oder sogar ein Päckchen mit Geschenken für Lea und später auch für Dorothea. Vielen Dank – wir haben es nicht verdient und auch gar nicht erwartet. Die Anteilnahme hat uns sehr überrascht, und wir staunen immer noch, wie viele liebevolle Herzen Gott bewegt hat. Es waren ermutigende Worte, die uns neue Kraft schenkten, um weiterzumachen, aber auch viele Fragen. Fragen nach dem Sinn des Geschehenen, nach der Kraft, das Leid tragen zu können usw. Es ist unmöglich die ganze Post zu beantworten und deshalb haben wir uns entschieden, dieses Buch zu veröffentlichen. Möge es zur Ermutigung dienen und vielleicht einige Fragen beantworten. Sicher werden wir nie alle Fragen klären können – doch unsere Hoffnung ist im Himmel. Dort, wenn wir vor Gott stehen, können wir sicher jede Frage stellen und auch eine Antwort bekommen.

Viele haben uns geholfen, diese Idee, ein Buch zu schreiben, wahr zu machen. In erster Linie gehört mein Dank Gott, der uns nicht nur in der beschriebenen Zeit durchgetragen hat, sondern es auch heute tut, sodass dieses Buch überhaupt erscheinen kann. Es war nicht einfach sich an die Zeit zu erinnern, die von Tränen und Leid erfüllt war.

Ein ganz herzliches Dankeschön sagen wir an dieser Stelle auch unseren Eltern und Geschwistern, die wirklich jederzeit für uns da waren, sich mit uns gefreut und geweint und auch viel gebetet haben. Sie haben sich gerne mit Lea beschäftigt, als ich am Computer saß, um an der Geschichte weiterzuarbeiten. Sicher wäre das Buch immer noch nicht geschrieben, wenn ich nicht meine nette Kollegin Constanze Nolting hätte. Danke, Constanze, dass du die passenden Worte gefunden hast, um das aufzuschreiben, was ich dir erzählt habe. Oft fehlten mir die Worte – doch Gott gab sie dir und du hast sie zu Papier gebracht. Auch Ella und Eduard möchte ich danken, dass sie uns treu unterstützt und immer wieder ermutigt haben. Danke, Elli, dass du deine Zeit geopfert hast, um dieser Geschichte den letzten Schliff zu geben und Fehler auszuräumen.

Viele liebevolle Menschen hat Gott uns in den Weg gestellt, die uns praktisch halfen. Sei es unser Medienberater Henning Röhl sowie der Vorstand der Krankenkasse, aber auch die Lufthansa, die uns entgegenkamen und alle Hebel in Bewegung setzten, um uns den Weg zu erleichtern. An dieser Stelle möchte ich den vielen Gemeinden, aber auch jedem Einzelnen danken, die für uns gebetet und uns auch praktisch durch Spenden unterstützt haben.

Es waren auch viele Ärzte, aus Münster, Lemgo, Bielefeld und Baltimore, die so gut zusammengearbeitet haben. Alexa, der Übersetzerin, und Lucy sagen wir Danke für die Hilfe, uns im großen Amerika zurechtzufinden.

Einen besonderen Dank sprechen wir Jakob und Helene Janzen aus, die uns ein tolles Weihnachtsgeschenk gemacht haben. Sie dichteten ein Lied für Tabea und schenkten uns die erste Aufnahme zu Weihnachten. Dieses Lied ist auf der beigelegten CD zu hören.

Nun möchte ich Sie gern mitnehmen, mit mir den Weg noch einmal zu gehen.

Nelly Block

A

Februar 2003 bis Juli 2003: Warten auf die Zwillinge

Warten auf die Zwillinge

• 1. Erschütternde Neuigkeiten •

• »Bitte setzen Sie sich doch noch einmal, Frau Block, ich muss Ihnen noch etwas erzählen!« Mit ernstem Gesicht deutete die Gynäkologin auf den Stuhl neben ihrem Schreibtisch. Nervös nahm ich Platz. »Was kommt jetzt?«, dachte ich mit einem leichten Anflug von Sorge. Bei der Ultraschall-Untersuchung war die Ärztin immer stiller geworden. Sie hatte das kalte Gerät auf meinem Bauch hin und her geschoben, viele Aufnahmen gemacht und wieder und wieder den Bildschirm angestarrt. Was war nicht in Ordnung?

Die Ärztin blätterte in den Unterlagen, und meine Augen wanderten über den Schreibtisch zu dem kleinen silbernen Männchen mit den Kugelfüßen und -händen. Es stand auf einer Nadel und balancierte auf einem Bein vor sich hin. Sicher das Geschenk einer Pharmafirma. »Balantius – Damit die Hormone nicht aus dem Gleichgewicht kommen«, war auf einem kleinen Schild in den Händen des Männchens zu lesen.

Als sich Frau Mertens räusperte, schreckte ich aus meinen Gedanken und sah auf. Anscheinend musste sie gut über ihre Worte nachdenken. »Ich habe hier die Ultraschall-Aufnahmen Ihrer Zwillinge.« Sie legte den Zeigefinger auf das Schwarzweißfoto und fuhr fort: »So weit ist eigentlich alles in Ordnung. Aber im Kopfbereich kriege ich die Kinder irgendwie nicht voneinander getrennt. Ich kann nicht die richtige Schicht einstellen.« Ich beugte mich über das Bild und versuchte inmitten des grauen Gewirrs etwas zu erkennen.

»Es sieht so aus, als ob die Kinder am Kopf miteinander verbunden, zusammengewachsen wären, siamesische Zwillinge anscheinend.«

Vor lauter grauen Flecken auf dem Foto konnte ich nichts sehen. Sicher musste ich es näher betrachten. Ich nahm es in die Hand und das Balanciermännchen fiel von seiner Nadel. »Entschuldigung«, murmelte ich und starrte auf das Bild. Die Ärztin hatte mir irgendetwas Wichtiges gesagt und ich sollte es erkennen. Aber mir war plötzlich so kalt. Ein taubes Gefühl verhinderte, dass ich denken konnte.

Als ich nichts sagte, sprach die Gynäkologin weiter: »Ich bin mir nicht ganz sicher, aber ich vermute es stark, weil ich nicht sehen kann, wo die Köpfe der beiden Kinder enden. Sehen Sie, ich habe hier verschiedene Lagen aufgenommen, es bleibt immer derselbe gemeinsame Kopfbereich.« Ich sah in das Gesicht von Frau Mertens und wusste es plötzlich. Die Kinder sind krank. »Siamesische Zwillinge?«, fragte ich und hatte Bilder aus Schulbüchern und Lexika vor Augen. Damit konnte sie doch nicht meine Kinder meinen. Kopfbereich? »Sie sind doch noch so klein, es ist erst die zwölfte Schwangerschaftswoche.«

Die Ärztin nickte. Sie stellte das Männchen wieder auf seine Nadel und sagte: »Ich möchte Ihnen vorschlagen, sich im Klinikum zur Untersuchung vorzustellen. Die Geräte dort sind besser als meines hier, man kann genauere Aufnahmen machen. Wenn Sie einverstanden sind, machen wir gleich für morgen einen Termin.«

Das silberne Männchen balancierte wieder, ein Bein mutig von sich gestreckt. Fast ruckartig wackelte es von einer Seite auf die andere, fiel aber nie herunter. Verwirrt blickte ich weg. »Wie kann ich über Spielzeug nachsinnen, Frau Mertens erwartet doch eine Antwort«, dachte ich und schaute die Gynäkologin wieder an. Mit ernstem Gesicht saß sie da und brachte es gleichzeitig fertig freundlich auszusehen. »Was für eine gute Ärztin«, machte ich mir bewusst, »es war sicher nicht leicht für sie, mir das zu sagen.« Ich hatte seit dem ersten Besuch Vertrauen zu ihr. Es war richtig, mich ans Klinikum zu überweisen. Mehr musste ich zu diesem Zeitpunkt ja nicht wissen. Nicht denken. Nichts tun, nur »ja« sagen. Langsam begann ich zu nicken. »Selbstverständlich, ich werde ins Klinikum gehen«, antwortete ich und legte das Foto auf den Schreibtisch zurück. Diesmal blieb das Männchen stehen, aber das Bild war ganz zerknittert. Ich stand auf.

Alles Weitere lief wie ein Film an mir vorbei. Ich musste nur mitspielen und funktionieren: Die Verabschiedung von Frau Mertens, die Arzthelferin, die telefonisch einen Termin vereinbarte, der Mutterpass, der schnell in meiner Tasche verschwand. Es ging irgendwie, und ehe ich mich versah, stand ich draußen vor der Tür und fröstelte in der kalten Februarluft.

Es war bereits dunkel. Ich wartete, und während ich langsam auf und ab ging, bemerkte ich den dumpfen Schmerz in meiner Brust. Ich wollte nachdenken, aber konnte meine Gedanken nicht in Worte fassen. Ich war nur von diesem neuen Gefühl bestimmt, das bereits begann, sich im ganzen Körper auszubreiten.

Mein Mann Peter und meine Schwester Irene kamen, um mich zu einem Treffen mit anderen Mitarbeitern in der Kinderarbeit abzuholen.

Irene saß freundlich lächelnd am Steuer. Erleichtert bemerkte ich, dass Peter bereits auf dem Beifahrersitz Platz genommen hatte. »Wartest du schon lange?«, seine Augen blinzelten mir verschwörerisch zu. Noch war es unser Geheimnis, dass ich schwanger war, und es machte ihm sichtbaren Spaß, dieses Glück noch ganz für uns allein zu haben. Ich musste es ihm sagen. Er hatte sich die Kinder doch so sehr gewünscht.

»Nur ein paar Minuten«, antwortete ich und schnallte mich auf dem Rücksitz an. Ich schickte ein schnelles Dankgebet zum Himmel. Hier hinten würde Peter meine Gedanken nicht lesen können. Angestrengt versuchte ich, meiner Stimme einen munteren Klang zu geben. Wie gut, dass Peter mein Gesicht nicht sehen konnte. Schon vor unserer Hochzeit konnte ich ihm nichts verheimlichen, weil er es so gut verstand meine Gefühle und manchmal sogar Gedanken zu lesen.

Die Fahrt verging ereignislos und als wir an unserem Ziel ankamen, hatte ich mich etwas gefangen und konnte die traurige Nachricht besser hinter einer fröhlichen Fassade verstecken. Was sollte ich auch sagen? Hier, zwischen Tür und Angel und mit so vielen Zuhörern ...

Es war eine interessante Schulung für die Mitarbeiter der Kindergruppen in verschiedenen Gemeinden[1]. Wir hörten einen Vortrag zu einem biblischen Thema. Irgendwie funktionierte ich immer noch, aber später hätte ich nicht sagen können, worum es an diesem Abend eigentlich gegangen war.

Schließlich wollte ich nur noch nach Hause. Ich war müde und fühlte mich krank. Daheim würde ich mit Peter Tee trinken, mich im Sofa in seine Arme kuscheln und das alles wäre nicht wahr.

Irgendwann ging die Schulung zu Ende und ich saß mit meinem Mann beim Abendbrot. Weil es spät war, aßen wir schnell und gingen zu Bett.

Im Schlafzimmer legte ich mich endlich hin und starrte an die Decke. Mir tat immer noch alles weh. »Es ist ja doch wahr«, dachte ich und setzte mich auf. Ich stopfte mir das Kopfkissen in den Rücken und holte tief Luft. Peter hatte sein Buch zur Seite gelegt und schaute mich aufmerksam an.

»Ich muss dir noch was Wichtiges erzählen«, begann ich. Während ich sprach, überwältigte mich das dumpfe Gefühl des Schmerzes und der Gewissheit, dass die Ärztin Recht hatte, und schließlich konnte ich nur noch weinen.

Peter schwieg und rückte näher. Er hatte sich alles angehört, aber konnte es nicht glauben. »Meinst du, dass das wirklich stimmt?«, fragte er und reichte mir Taschentücher. Er wartete eine Weile und legte die Hand auf meinen Arm. »Du sagst doch selber, dass sich Frau Mertens nicht sicher war. Geh doch erst einmal morgen ins Klinikum und warte die Untersuchung ab, die haben doch bessere Geräte. Auf dem Ultraschall kann man ja nicht immer alles sehen. Vielleicht hat sie sich geirrt. Es passieren doch so viele Irrtümer bei solchen Untersuchungen.« Tröstend streichelte er mein Haar. »Es wird alles gut werden, wir werden es sehen.«

Ich putzte mir die Nase und atmete durch. All das hatte ich mir auch schon überlegt. Und wenn Peter es nun ebenfalls meinte, war ja vielleicht alles nicht so schlimm.

Als ich aufgehört hatte zu weinen, sprach er weiter. »Wir wollen Gott vertrauen, Nelly. Er schenkt uns zwei Kinder und er kennt sie jetzt schon. Lass uns ihm dafür danken und ihn bitten, dass wir in dieser Nacht trotz aller Sorgen gut schlafen können. Gott teilt die Last mit uns, er will sie uns sogar ganz abnehmen, lass uns das nicht vergessen.«

Dankbar legte ich meine Hände in seine und konnte endlich den Schmerz aushalten, der mich seit dem Gespräch mit Frau Mertens bedrückte. »Ich bin nicht allein«, dachte ich, »Peter ist da und findet Worte, wo ich keine mehr habe. Er wird mich stützen und mir helfen. Gemeinsam werden wir es schaffen. Gott wird uns niemals im Stich lassen und immer für uns da sein.« Ich war noch in Gedanken versunken, während Peter schon laut mit dem gemeinsamen Gebet begann.

Eine Weile später schliefen wir getröstet ein.

• 2. Siamesische Zwillinge •

• Am nächsten Tag lag ich auf dem Untersuchungstisch und schaute an die Decke. Mein Rücken tat weh, mehr als eine halbe Stunde befand ich mich nun schon in dieser Position. Mittlerweile waren drei Ärzte im Raum. Sie schauten auf den Bildschirm und der Oberarzt bewegte langsam den Ultraschallkopf hin und her. Niemand sprach.

Vorsichtig zog ich das rechte Bein hoch, um die schmerzende Stelle zu bewegen. Ich wollte beten, aber Gott würde meine Gedanken lesen müssen, denn mir fielen keine Worte ein.

Die drei Männer schauten immer noch auf die vielen Bilder. Ich wusste, dass etwas nicht in Ordnung war, denn ihr anfängliches Lachen und Scherzen war verstummt. »Frau Mertens hatte Recht«, war mein einziger Gedanke. Merkwürdig – ich konnte die Worte im Kopf formulieren, ohne die Bedeutung zu verstehen. »Frau Mertens hatte sicher Recht.«

Schließlich, als ich die Stille fast nicht mehr ertragen konnte, räusperte sich einer. Der Oberarzt nahm das Gerät von meinem Bauch und reichte mir die Papiertücher zum Abwischen des Gels. »Wenn Sie dann gleich noch einmal in mein Büro kommen würden, Frau Block ...«, bat er mich. Immer noch schweigend nahm der dritte die Bilder aus dem Drucker und gemeinsam verließen die Ärzte den Behandlungsraum.

Ich zupfte an meinen Kleidern und steckte mir eine widerspenstige Haarsträhne zurück in den Zopf. Langsam stellte ich mich hin und musste mich gleich wieder an der Liege festhalten, weil mir schwindelig war. Vorsichtig setzte ich mich auf einen Stuhl und versuchte irgendetwas zu denken. »Ich muss jetzt mit dem Doktor sprechen«, sagte ich mir ermahnend, als sei ich meine eigene Mutter. »Er wird mir sagen, wie es den Zwillingen geht und dann werde ich nach Hause gehen.« Ich erhob mich und ging ins Nebenzimmer.

Dr. Thede wartete schon. Er saß an seinem Schreibtisch und schaute sich wohl zum hundertsten Mal die Bilder der Kinder an.

Als ich Platz genommen hatte, blickte er auf. »Frau Block«, sagte er mit ernster Stimme, »leider muss ich Ihnen bestätigen, was Frau Mertens bereits gestern vermutet hat. Die Zwillinge sind am Kopf zusammengewachsen.«

Ich nickte, denn nach dieser Untersuchung hatte ich nichts anderes erwartet. Der Arzt fuhr fort: »Man kann jetzt, in der zwölften Schwangerschaftswoche, nicht genau sagen, wie und was da miteinander verbunden ist. Die Tatsache ist, dass die Kinder an den Köpfen zusammengewachsen sind.«

Ich nickte wieder und suchte nach Worten. Was sollte ich antworten. Musste ich antworten?

Dr. Thede erwartete es anscheinend nicht. Leise sagte er: »Frau Block, Ihre Gynäkologin wird Sie weiter beraten. Aber ich möchte Ihnen schon einmal mitteilen, dass es Ihnen natürlich auch freisteht, eine Abtreibung vornehmen zu lassen. In diesem Fall wäre es gerechtfertigt.«

Er schrieb einen kurzen Bericht für Frau Mertens und steckte einige der neuen Ultraschall-Aufnahmen in einen Umschlag.

Ich schaute zu. Hier gab es keine Figuren oder Bilder auf dem Schreibtisch. Nur die Fotos, die Formulare und die Diagnose: »Siamesische Zwillinge – am Kopf zusammengewachsen«.

Zu dem dumpfen Schmerz, der mich seit gestern begleitete, war nun noch eine mir völlig unbekannte Angst gekommen: Das Wort »Abtreibung« war gefallen – ein Wort, das ich nie für mich zu Ende gedacht hatte. Aber »Siamesische Zwillinge«? Das hatte ich auch nie auf mein Leben bezogen. Ich wünschte mich nach Hause.

Als ich schließlich wieder draußen vor der Klinik stand, entschloss ich mich, den Weg über den Friedhof zu nehmen. Dort war es am unwahrscheinlichsten, einem Bekannten zu begegnen, dort würde ich Ruhe haben und nachdenken können. Und wirklich: Als ich das Tor hinter mir schloss und den Kiesweg entlangging, hörte ich nur das rhythmische Knirschen meiner Schritte. Links, rechts, links, rechts, immer weiter, nur weitergehen. Jemand hatte eine Kerze auf ein Grab gestellt und ich blieb kurz stehen, um das flackernde Licht zu betrachten. »Mitten im Leben sind wir vom Tod umgeben.« Wer hatte das gesagt? Paulus, Luther, Bonhoeffer? Mir wurde schon wieder schwindelig. Spielten die Schwangerschaftshormone verrückt? Ich musste schnell nach Hause. Jetzt lief ich fast und der Wind trieb mir Tränen in die Augen.

»Lieber Peter, die Ärztin hatte Recht, unsere Kinder sind siamesische Zwillinge, an den Köpfen zusammengewachsen. Nein, niemand weiß, wie schwer die Behinderung sein wird. Der Arzt in der Klinik hat mit mir über Abtreibung gesprochen. Hast du schon einmal daran gedacht, wie es wäre, unsere Kinder abtreiben zu lassen, Peter? Du findest auch, dass Abtreibung Mord ist, das weiß ich, aber hast du schon einmal gedacht, dass du als Vater die Entscheidung treffen wirst, behinderte Kinder abtreiben zu lassen oder sie gemeinsam mit mir großzuziehen? Groß, Peter, wie werden Kinder groß, die an den Köpfen zusammengewachsen sind? Kann ein Kind leben, wenn ein anderes Kind an seinem Kopf festgewachsen ist? Können unsere Kinder spielen und lachen und lieben? Lieber Peter, hol mich ab, ich schaffe den Weg nicht allein.«

Mechanisch ging ich weiter und putzte mir im Gehen die Nase, ich wollte nur schnell nach Hause. Was würde ich Peter wirklich sagen, wie würde er antworten? Was sollte ich tun, oh Gott, was sollte ich tun? Endlich hatte ich das Ende des Friedhofs erreicht, jetzt war es nicht mehr weit. Zu Hause. Wie würde es in einem Jahr bei uns sein? Wie sehr hatten wir uns gefreut, dass wir gleich Zwillinge bekommen. Peter, der Kinder so sehr liebt, war außer sich vor Glück gewesen. Und jetzt war alles anders.

Wie werden unsere Kinder aussehen? Was werden sie können, wie werden wir mit ihnen leben? Ob sich die Ärzte nicht doch geirrt haben könnten?

Der Weg wurde mir lang und länger, aber schließlich kam ich doch an und schloss erleichtert die Haustür auf. In der Wohnung hängte ich die Jacke und die Tasche auf und ließ mich aufs Sofa fallen. Ich schloss die Augen. Das Brennen vom kalten Wind war immer noch da, aber auch nachdem ich eine Weile gesessen hatte, wurde es nicht besser.

Noch zwei Stunden, bis Peter nach Hause kam.

Mein Blick fiel auf den bunten Teppich, den Ella und ihr Mann uns von ihrer Hochzeitsreise mitgebracht hatten. Ein besonders buntes Exemplar mit auffälligem Muster.

Meine liebe Freundin Ella. Zwei Jahre alt war ihre Tochter jetzt und sie erwartete nun das zweite Baby. Wäre es nicht schön, hatten wir geulkt, schön gewesen, gleichzeitig schwanger zu werden?

Nein, das waren die falschen Gedanken.

Den Teppich hatten sie aus Tunesien mitgebracht. Stundenlang hatten sie von der Traumreise erzählt. Besonders die Teppich-Knüpferei ging ihnen damals nicht aus dem Sinn.

Wunderschöne handgeknüpfte und gewebte Teppiche hingen an den Wänden und von der Decke herab. Da gab es für jeden Geschmack etwas und Ella wusste gleich, dass sie mir einen kaufen würde. Die Auswahl war riesengroß. Bunte Teppiche mit ausgefallenen Mustern befanden sich neben dezenteren und unauffälligen Farbgebungen. Schließlich besuchten sie auch die Halle, in der viele Frauen saßen und an Teppichen knüpften. Begeistert betrachteten Ella und ihr Mann die Herstellung aus der Nähe. Aber schon am ersten Arbeitsplatz waren sie sehr enttäuscht und hatten dann große Mühe für ihre Fragen einen Übersetzer zu finden. Was sie sahen, war nämlich ein unendliches Gewirr von Fäden, Knoten und unübersichtlichem Farbdurcheinander. Endlich kam der Vorarbeiter zur Reisegruppe und hörte sich die Zweifel an: Wo werden die wunderschönen Teppiche denn hergestellt, die vorne im Ausstellungsraum verkauft werden? Der Vorarbeiter lachte und nahm einen halbfertigen Teppich von einem Stuhl. Dann erklärte der Reiseführer: Bei dieser besonderen Mischung des Web-Knüpfens von Teppichen muss immer von der Rückseite gearbeitet werden. Diese Rückseite können wir im Moment hier sehen. Noch sieht es aus wie ein chaotisches Durcheinander, aber zum Schluss wird der Teppich vom Webstuhl genommen und das Muster ist sichtbar. Die Frauen arbeiten nach einem genauen Plan, den der Meister entworfen hat. Nur er kennt das spätere Muster und immer ist es eine große Überraschung, wenn ein neuer Teppich umgedreht wird.

Begeistert hatten Ella und ihr Mann zwei Teppiche gekauft – einer lag nun hier bei uns. Immer wieder erzählten sie Freunden die Geschichte des Meisters, der allein das Muster kennt und es entworfen hat.

Tränen tropften auf das Sofa. Plötzlich war der Damm gebrochen und ich konnte nicht mehr aufhören zu weinen. Es tat so weh und ich war mittendrin, ein Ausweg war nicht in Sicht, nur wirre Fäden, eine Rückseite ohne Anfang und Ende.

Ich musste eingeschlafen sein, denn das Geräusch des Schlüssels in der Wohnungstür ließ mich aufschrecken. Eine Sekunde später stand Peter vor mir und sah gleich, was los war. Ich erzählte ihm wieder alles, was ich erfahren hatte, und wunderte mich selbst darüber, dass ich dafür noch die Worte fand. Peter war still, sehr still und als ich zu ihm sah, kullerte eine Träne über sein Gesicht. »Nelly«, sagte er nur, »Nelly«, dann konnte er nicht mehr sprechen. Ich vermochte ihn nicht zu trösten und so weinten wir gemeinsam. Es fiel ein nasses Taschentuch nach dem anderen auf den Boden. Wir hielten uns fest, bis wir nicht mehr weinen konnten.

Wir aßen Abendbrot und gingen zu Bett, obwohl es noch sehr früh war. Nichts war zu tun, wir waren so müde vom Weinen und hatten doch noch so viel zu bereden.

Die Türklingel unterbrach unser Gespräch. Schnell zog Peter sich an und öffnete. Seine Eltern waren auf ein Schwätzchen vorbeigekommen und Peter bat sie herein. Während ich mich anzog, hörte ich meine Schwiegermutter nach den Taschentüchern fragen, die noch zahlreich auf dem Boden vor dem Sofa lagen. Peter fand eine Ausrede und räumte sie schnell in die Küche. Als ich eintrat, redeten wir über dies und das. Bald verabschiedeten sich die Eltern jedoch wieder. Peter schloss die Wohnungstür hinter ihnen und sagte: »Sie haben sicher etwas bemerkt. Ich konnte mich auf kein Gespräch konzentrieren.« »Es war schrecklich«, antwortete ich und Peter nahm mich in seine Arme. »Wir sollten es ihnen sagen«, meinte er und gemeinsam beschlossen wir, unsere Eltern am nächsten Tag in die Diagnose einzuweihen. »Das wird nicht leicht«, sagte Peter, »aber wir konnten uns immer auf unsere Eltern verlassen. Sie lieben uns und haben ein Recht es zu erfahren. Sie werden für uns beten.« Ich nickte. »Das stimmt, es wird uns helfen, die Last nicht allein zu tragen.«

· 3. Geteiltes Leid ·

• Der Samstag verging im ruhelosen Hin und Her in der Wohnung. Am Vormittag hatten wir unsere Eltern angerufen und sie gebeten, nach der Gebetsstunde in der Gemeinde am Abend zu uns zu kommen. Peter fuhr einkaufen und zur Mitarbeit in die Kinderstunde. Ich blieb zu Hause. Seit vielen Jahren war die Mitarbeit in der Kinderstunde eine große Freude für mich. Während der Gebetsstunde der Erwachsenen hatten die Kinder ihren eigenen Gottesdienst. Es wurden biblische Geschichten erzählt, man bastelte und spielte. Heute hatte ich mich entschuldigen lassen. Ich konnte unmöglich das Haus verlassen. Jeder würde es mir ansehen.

Was würden die Eltern sagen? Welche Entscheidung würden wir treffen?

Unruhig ging ich von einem Zimmer zum anderen, schaute kurz in die Schulbücher und versuchte mich auf die Arbeit in der nächsten Woche zu konzentrieren. Die erste Klasse würde das »Z« lernen. Aber als zwischen den Bildern von Zoo und Zirkus auch eines von Zwillingen auftauchte, legte ich den Lehrerband aus der Hand.

Die Gedanken holten mich überall wieder ein. Wenn ich es einmal für einen kurzen Moment schaffte, etwas anderes zu denken, lastete das schwere Gefühl der Trauer immer noch auf mir.

Gerade noch war alles so harmonisch und schön gewesen: Wir würden eine Familie gründen, spielen, schlafen, einkaufen, in den Urlaub fahren und einen Ausflug mit dem Kindergarten machen. Jetzt aber war alles so dunkel und durcheinander, wie sollte ich normal weiterleben mit dieser ungewissen Zukunft? Die Aussichten waren alles andere als rosig.

Immer wieder ging ich zum Fenster und hielt nach Peter Ausschau. Aber der Regen prasselte unaufhörlich ans Fenster und ließ den Februar noch dunkler erscheinen, als er ohnehin schon war.

»Eine Abtreibung ist in diesem Fall gerechtfertigt.« Was wollten diese Worte immer wieder in meinem Ohr? Ruhelos wanderte ich weiter durch die Wohnung und fand nichts, was eine Beschäftigung wert gewesen wäre.

Aber wie konnte ich eine Abtreibung rechtfertigen? Grundsätzlich hatte ich mich schon vor vielen Jahren entschlossen, dass so etwas für mich nie infrage käme. Aber wäre es nicht jetzt der leichtere Weg? Ich würde bald wieder schwanger werden und wir würden noch viele Kinder bekommen können. Aber wie kann ich eine Abtreibung verantworten? Noch vorgestern war ich ganz sicher, dass Gott jedes Kind ganz wunderbar gemacht hat, jeden Menschen von Anfang an geplant und gewollt. Aber Gott, willst du wirklich auch siamesische Zwillinge? Wo würden sie zusammengewachsen sein? Vielleicht wären die kleinen Gesichter ganz entstellt, vielleicht hätten sie nur drei Augen, weil die Gesichter zusammengewachsen sind. Wie kann so etwas nur passieren? Oh, Gott, lass jedes meiner Kinder ein eigenes Gesicht haben.

Die Fragen und Gedanken schwirrten pausenlos durch meinen Kopf und der Schmerz in meiner Brust wollte nicht nachlassen.

Wenn ich nur vertrauen könnte. Wenn ich nur darauf vertrauen könnte, dass Gott am Ende alles gutmachen wird, dass wirklich alles einen Sinn hat. Hatte ich nicht selbst immer in den Kinderstunden und während des Religionsunterrichts so geredet? Wo war nun all das Vertrauen, das sonst immer so gut funktioniert hatte?

Endlich kam Peter nach Hause. Meine Gedanken kamen zur Ruhe und ich genoss seine Gegenwart und hörte mir die Ereignisse der Kinderstunde an.

Schließlich klingelte es und meine Eltern trafen gleichzeitig mit Peters ein. Wir setzten uns ins Wohnzimmer.

Gespannt saßen unsere Eltern auf dem Sofa und schauten uns an. Es war klar, dass wir kein gemütliches Teestündchen geplant hatten. Außerdem musste es etwas Wichtiges sein, wenn wir beide Elternpaare gleichzeitig ohne erkennbaren Anlass zu uns zum Gespräch baten.

Als alle saßen, ergriff Peter das Wort. »Eigentlich ist es ein freudiger Grund, warum wir euch eingeladen haben. Wir wollten euch etwas Frohes mitteilen. Nelly ist schwanger und wir erwarten Zwillinge.«

Peters Mutter strahlte: »Wie schön, Zwillinge! Ich habe mir doch immer schon Zwillinge gewünscht!« Auch die beiden Väter lachten uns an und freuten sich. Meine Mutter sah zu mir und griff nach meiner Hand. »Du freust dich aber gar nicht sehr, Nelly?«, fragte sie leise und hielt meine Hand.

Da erzählte Peter auch schon weiter und unsere Eltern wurden schnell still und nachdenklich. »Aber ich muss etwas dazu sagen. Nach den Aussagen der Ärzte sind die Kinder am Kopf zusammengewachsen.«

Es wurde sehr ruhig. Keiner konnte etwas sagen. Auch Peter sprach nicht mehr, es war einfach still. Ich weinte leise und meine Mutter drückte immer noch meine Hand.

Nach einer Weile räusperte sich Peters Vater. »Das ist keine gute Nachricht. Ich weiß nicht, was ich euch antworten soll.« Er schaute uns traurig an und sah dann zu den anderen Eltern. »Für uns gab es nie etwas Wichtigeres, als auf Gott zu vertrauen. Vielleicht sollte das auch jetzt unser erstes Anliegen sein. Wir wollen Gott vertrauen und ihn um Hilfe bitten.« Mein Vater nickte. »Es sagt sich leicht: Wir müssen Gott vertrauen. Wenn es aber wirklich darauf ankommt, dann ist es nicht so einfach, das auch tatsächlich zu leben.«

Peters Mutter begann zu weinen und auch meine Mutter putzte sich die Nase. »Mein armes Kind«, flüsterte sie. Dann fragte sie laut: »Aber woher wollen die Ärzte das denn jetzt schon wissen? Vielleicht stimmt es gar nicht.«

So erzählten wir die ganze Geschichte. Wir berichteten, dass erst meine Frauenärztin nach dem Ultraschall in ihrer Praxis den Verdacht gehegt und dass ich später die gleiche Diagnose noch einmal in der Klinik gehört hatte. Aber unsere Eltern waren nicht recht überzeugt. »Diese technischen Geräte irren sich doch andauernd«, meinten sie. »Vielleicht stimmt es gar nicht.« Sie versuchten uns zu ermutigen und wollten sich einfach weigern, den Ärzten kritiklos zu glauben. Müde stützte ich den Kopf in meine Hände. Das waren auch meine anfänglichen Bedenken gewesen, aber die zweite Untersuchung im Klinikum hatte Gewissheit gebracht. Ich sagte nichts zu ihren Hoffnungen. Unsere Mütter waren in Russland schwanger gewesen. Da gab es auf dem Dorf keine Ultraschallgeräte und sie hatten keine Erfahrung damit machen können. Deshalb konnten sie sich einfach nicht vorstellen, dass ein so frühes Erkennen von siamesischen Zwillingen möglich war.

Eine ganze Weile ging das Gespräch so hin und her. Schließlich erzählte ich davon, dass der Arzt im Klinikum mir eine Abtreibung nahe gelegt hatte – dass sie möglich sei und nur zu verständlich. Peters Vater sagte sofort: »Dazu würden wir euch nie raten, Kinder!« Mein Vater ergänzte: »Das solltet ihr auf keinen Fall machen!«

Obwohl ich diese Antwort erwartet hatte und das oberflächlich gesehen auch meine Meinung war, fühlte ich einen Stich in meinem Herz. »Ihr habt gut reden«, dachte ich nur, »ihr müsst die Kinder ja auch nicht bekommen und ein Leben lang für sie Verantwortung tragen. Eure Zukunft liegt ja auch nicht im Dunkeln und euer Traum von gesunden Kindern wurde nicht zerstört.« Bevor noch mehr bittere Sätze in mir Raum gewinnen konnten, ergriff meine Mutter wieder meine Hand. »Selbstverständlich werden wir zu euch halten. Wir werden euch unterstützen, so gut wir nur können!« »Ja«, sagten auch Peters Eltern, »wir werden immer für euch da sein und geben, was ihr an Zeit und Geld braucht.« »Und wir werden nicht aufhören für euch zu beten, vielleicht hat Gott einen Ausweg.«

Aufgrund dieser Ermutigung konnte ich die rigorose Ablehnung der Abtreibung besser verstehen. Ich konnte die Liebe und die Verlässlichkeit unserer Eltern spüren und dachte auf einmal: »Vielleicht schaffen wir es ja doch. Vielleicht kann ich es aushalten und irgendwie weiterleben.« Dankbar lächelte ich die vier an. Plötzlich wurde mir wieder bewusst, wie gut es mir in all den Jahren gegangen war. Nichts war schief gelaufen. Ich hatte eine herrliche Kindheit mit vier fröhlichen Schwestern an meiner Seite verbracht. Es folgten das Abitur, das Studium, das Referendariat und schließlich stand ich mit dem Mann meiner Träume vor dem Traualtar. Meine Eltern waren manchmal streng gewesen, aber immer voller Liebe zu uns. Und vor allen Dingen hatte ich immer ein Zuhause gehabt, in dem ich willkommen war. Noch heute konnte ich mich auf die Unterstützung meiner Eltern verlassen, auch wenn wir jetzt eine eigene Familie gründen würden. Ich sah zu Peter und konnte fast in seinen Gedanken lesen, dass er ähnlich dachte.

Viele tröstende Worte wurden gesprochen und es war selbstverständlich, dass wir zum Schluss noch miteinander beteten.

Beim Abschied blieb meine Mutter kurz mit mir am Ende des Flurs zurück. »Du warst heute nicht in der Kinderstunde, Nelly«, begann sie, »und für heute war das sicher richtig. Aber jetzt musst du weiterleben. Du warst immer so aktiv, man konnte euch ja kaum erreichen. Geh raus und mach ganz normal weiter! Du änderst nichts, wenn du dich versteckst. Je mehr du über dich und dein Leid nachdenkst, umso tiefer rutschst du hinein. Ihr werdet es schaffen, Nellytschka, und wir sind auch für euch da.« Sie drückte mich an sich und ging rasch davon, weil sie wieder weinen musste. Ich sah ihr nach und ließ die Worte auf mich wirken. »Ob ich das kann?« Aber da kam auch schon Peter von der Haustür zurück. So sagte ich: »Es war gut, dass wir sie eingeweiht haben.« »Ja«, antwortete Peter, »mir haben die tröstenden Worte und das Gebet geholfen. Aber jetzt ist es an uns zu entscheiden, Nelly. Wollen wir die Kinder wirklich bekommen? Kannst du es schaffen, alles an Gott abzugeben?«

»Ich fühle mich auch wieder stärker, Peter. Ob ich wirklich auf Gott vertrauen kann, werde ich erst sehen, wenn ich es jetzt versuche. Ich habe mich entschlossen, es zu wollen, verstehst du das?« Peter nickte. »Ich will es auch und mit dieser Entscheidung sollten wir leben. Deine Mutter hat uns ja geraten, ganz normal weiterzumachen. Vielleicht hat sie Recht und das Vertrauen auf Gott wächst dabei.«

An diesem Abend gingen wir mit dem sicheren Entschluss zu Bett, die Kinder zu bekommen.

• 4. Mut und Hoffnung •

• Die nächste Woche begrüßte mich mit der verheißungsvollen Sonne des Spätwinters. So fiel es mir nicht allzu schwer meine Sachen zu packen und mich auf den Schulweg zu machen.

Der Schultag verging mit Lachen und Lernen, und als es Mittag war, stellte ich erstaunt fest, dass es mir besser ging. Die vergnügt plaudernden Kinder und freundlichen Kollegen hatten meine Gedanken fast ganz für sich in Anspruch genommen. Nur manchmal bemerkte ich verwundert einen schmerzhaften Druck in meiner Brust und wenn ich darüber nachdachte, fiel es mir wieder ein.

So vergingen die nächsten Wochen sehr harmonisch. Mir ging es gesundheitlich sehr gut, und Peter und ich hatten es tatsächlich geschafft, unsere ganz normalen Aktivitäten in der Gemeinde, im Beruf und im Freundeskreis wieder aufzunehmen.

Manchmal sprachen wir über die Zwillinge. Auch die Geschwister und Eltern redeten von Zeit zu Zeit mit uns darüber und vergaßen nie, uns Mut und Hoffnung zuzusprechen.

Uns allen war aber wichtig, das nie in der Öffentlichkeit zu tun. Die Nachricht von der Behinderung unserer Kinder hatte sich wie ein Schatten über unsere Zukunft gelegt. Im Laufe der Zeit und durch die Gespräche miteinander und mit Gott fassten wir wieder Mut. Mit fremden Menschen konnten wir aber zu dem Zeitpunkt noch nicht darüber reden.

Die nächste Untersuchung bei Frau Dr. Mertens stand an, diesmal kam Peter mit. Zu Anfang bat sie uns wieder in ihr Sprechzimmer. Mein Blick fiel auf das silberne Balanciermännchen, das heute unbeweglich auf seiner Nadel stand.

Sie sah uns an und begann das Gespräch. »Wie ich sehe, haben die Kollegen des Klinikums meine Befürchtungen leider bestätigt. Es handelt sich um siamesische Zwillinge.« Ich nickte und antwortete: »Ja, wir sind sehr geschockt und haben bereits viel darüber nachgedacht.« Frau Mertens beugte sich vor und fragte: »Hat der Kollege Ihnen gegenüber schon erwähnt, dass Sie die Kinder in diesem Fall abtreiben lassen können? Es ist sehr ungewiss, ob sie überhaupt lebensfähig sind.«

Peter fasste meine Hand und nickte. Ich saß einfach nur da und sagte nichts. Schon wieder begannen die ersten Tränen aus meinen Augen zu kullern und der dumpfe Schmerz in mir gewann erneut die Oberhand. Es war zu hart, diese deutlichen Worte aus ihrem Mund zu hören. Weil ich nicht sprechen konnte, nickte ich also auch. Frau Mertens fuhr fort: »Sie müssen nicht in dieser Woche eine Entscheidung treffen, aber ich kann Ihnen die Wahrheit auch nicht vorenthalten. Bitte kommen Sie zu mir, wenn Sie das besprechen möchten oder noch irgendwelche Fragen dazu haben, ich bin jederzeit für Sie da. Ich gebe Ihnen hier meine Privatnummer, damit Sie mich auch abends oder am Wochenende erreichen können.« Ich nahm die kleine Karte aus ihrer Hand und putzte mir die Nase. Peter sagte: »Es ist eine sehr schwere Entscheidung.«

»Das ist es«, antwortete sie. »Egal, wie Sie entscheiden: Beide Wege sind schwer.«

»Da haben Sie Recht, beide Wege sind schwer. Wissen Sie, wir sind Christen und haben uns bereits dazu entschieden, Gott zu vertrauen. Aber das ist in diesem Fall auch schwer.« Peter machte eine Pause und Frau Mertens sah ihn aufmerksam an. »Trotzdem möchten wir die Kinder nicht abtreiben lassen, sondern erst einmal abwarten und möglichst normal weitermachen. Wir wollen einfach darauf vertrauen, dass Gott uns den Weg zeigt.«

Die Ärztin war sehr nachdenklich geworden und meinte: »Ich freue mich für Sie, dass Sie sich in dieser Sache einig sind und so viel Halt in Ihrem Glauben finden. Während der Schwangerschaft will ich Sie auch gerne, so gut es geht, unterstützen. Wenn die Kinder geboren werden, sollten sie aber nicht hier in Lemgo zur Welt kommen. Sie sollten sich an eine Klinik wenden, in der man Sie und die Kinder bestmöglich mit Spezialisten versorgen kann.«

Ein wenig verwundert fragte ich: »Ist das so früh denn schon nötig?«

»Es wäre gut, wenn die Ärzte, die sich später um die Kinder kümmern, schon so früh wie möglich mit in die Voruntersuchungen einbezogen werden. Wir sollten auch an die Zukunft denken. Es könnte eine Möglichkeit geben, die Kinder nach der Geburt durch eine Operation zu trennen. Ich möchte Ihnen die Universitätsklinik Münster vorschlagen. Die haben Kontakt zu Spezialisten auf der ganzen Welt und können bereits vor der Geburt der Zwillinge erste Meinungen einholen.«

»Es ist auf jeden Fall gut, wenn wir uns nach allen Möglichkeiten erkundigen«, sagte Peter. »Die Kinder sollen nach der Geburt, so gut es geht, medizinisch versorgt werden.«

Wir willigten ein, bald einen Termin in Münster zu machen.

Frau Mertens verabschiedete sich nach der Untersuchung mit einem warmherzigen Händedruck von uns. »Wir sehen uns dann spätestens bei der nächsten Vorsorgeuntersuchung in vier Wochen wieder. Wenn Sie vorher mit mir sprechen möchten, melden Sie sich auf jeden Fall.« Wir bedankten uns und gingen zur Anmeldung, wo die Arzthelferin bereits mit Münster telefonierte. »Einen Augenblick«, sagte sie gerade in den Hörer und fragte mich: »Freitagvormittag um 10.00 Uhr, passt Ihnen das, Frau Block?« »Aber nein«, antwortete ich, »da muss ich doch arbeiten. Ich kann nur nachmittags.« Die Arzthelferin gab es weiter und lauschte. »Ich verstehe«, meinte sie und wandte sich wieder zu mir, »leider sind nur Vormittagstermine möglich.« Ich zuckte die Schultern. »Also gut. Ich werde versuchen freizubekommen.« Dabei wusste ich schon, dass das kein Problem sein würde. Sabine Schneider, die Schulleiterin der Evangelischen Bekenntnisschule in Lemgo, an der ich arbeitete, war sehr verständnisvoll und würde mir die Fahrt sicher genehmigen. Aber ich würde es ihr sagen müssen.

Während wir nach Hause fuhren, dachte ich darüber nach, dass ich die Schulleiterin um Verschwiegenheit bitten wollte. Ganz bestimmt war auf sie Verlass und in ihr und ihrem Mann würden wir zusätzliche Hilfe haben. Die beiden würden auch für uns beten und ein Stück der Last abnehmen. Außerdem sollte Sabine es erfahren, damit sie für die Zeit vor den Sommerferien planen konnte, wenn ich voraussichtlich bereits im Mutterschutz war.

So passte ich am nächsten Tag einen Zeitpunkt ab, an dem Sabine allein in ihrem Büro war. Ich schloss die Tür und sie sah erstaunt auf. »Nelly«, sagte sie, »was gibt's?« Ich nahm allen Mut zusammen und brachte mein Anliegen vor, noch ehe uns jemand stören konnte. »Sabine, ich möchte dich bitten, mir am Freitag freizugeben. Ich muss zu einer Untersuchung in die Uniklinik nach Münster fahren und leider werden dort nur am Vormittag Termine vergeben.« Nun wirkte Sabine ein wenig erschrocken und fragte: »In die Uniklinik? Aber was ist denn los? Bist du etwa krank?« »Eigentlich nicht«, antwortete ich, »aber ich bin schwanger mit Zwillingen. Und es sieht so aus, als ob es siamesische Zwillinge sind.« Sabines Gesichtszüge veränderten sich nicht. Sie starrte mich an und nickte langsam. »Natürlich«, sagte sie tonlos, »selbstverständlich kannst du fahren.« In diesem Moment betrat auch schon die Sekretärin das Zimmer. »Stör ich?«, fragte sie fröhlich und ich antwortete zerstreut: »Nein, nein, schon alles geklärt.« Schnell eilte ich in die Klasse zurück und versuchte mich auf meine Fördergruppe zu konzentrieren. Nach der Unterrichtsstunde traf ich Sabine im Flur, sie hatte auf mich gewartet. »Nimm dir einen Moment Zeit und komm mit nach oben«, bat sie mich. Kurz darauf schlossen wir die Tür des ruhigen Konferenzraumes hinter uns und setzten uns aufs Sofa. »Entschuldige bitte, dass ich so dumm reagiert habe«, begann Sabine. »Ich war einfach so geschockt. Erst der Freudensprung in meinem Herz, dass du schwanger bist und in derselben Sekunde diese Nachricht – das musste ich erst verdauen. Willst du mir ein bisschen mehr erzählen?«

Nun berichtete ich ihr von den bisherigen Untersuchungen und der nicht mehr zu leugnenden Wahrheit der an den Köpfen zusammengewachsenen Kinder. Dabei weinte ich, wie so oft in den letzten Wochen, und auch Sabine konnte sich meinen Bericht nicht ungerührt anhören. Schließlich sagte sie: »Es war eine mutige und gute Entscheidung von euch, die Kinder trotzdem zu bekommen. Ihr braucht jetzt viel Kraft und den Schutz Gottes für euch und die Kinder. Ich werde mit meinem Mann immer für euch beten. Berichtest du mir ab und zu, wenn es etwas Neues gibt?« Jetzt war ich sehr froh, es Sabine erzählt zu haben und sicherte ihr das zu. Wir vereinbarten noch, es zunächst nicht im Kollegium weiterzusagen. Sie betete zum Schluss noch für mich. Als wir gingen, genoss ich ihre Umarmung und das gute Gefühl, auch außerhalb der Familie in einer Gemeinschaft von Christen geborgen zu sein. Wieder hatte Gott uns ein kleines Zeichen geschickt, dass sich das Vertrauen auf ihn lohnte.

• 5. Der Weg des Vertrauens •

• Als wir am Freitagvormittag in Münster ankamen, meldeten wir uns ganz normal in der Sprechstunde der Gynäkologie an. Dann nahmen wir im Wartebereich Platz und hofften, bald an der Reihe zu sein. Ich war sehr gespannt, was die Ärzte hier sagen würden. Nur langsam verging die Zeit. Als man uns nach einer Stunde immer noch nicht aufgerufen hatte, fragte Peter nach. Aber er wurde abgewiesen. Obwohl wir einen Termin hatten, mussten wir lange warten.

Schließlich hatte ich nach fast zweieinhalb Stunden keine Lust mehr in Frauenzeitschriften zu blättern oder im Gang spazieren zu gehen. Ich wurde müde und hungrig und war verärgert über die verschwendete Zeit.

Endlich wurde ich aufgerufen und wir gingen erleichtert in das Untersuchungszimmer.

Dort begrüßte uns Dr. Witteler. Sein sympathisches Auftreten und die mir ganz zugewandte Art gefielen mir. Er schien Erfahrungen mit so genannten »Risiko-Schwangerschaften« zu haben. Dr. Witteler sprach sehr ruhig und freundlich mit uns über die bisherigen Untersuchungsergebnisse. Dann meinte er: »Frau Block, nun möchte ich mir gerne selbst ein Bild machen. Während ich Sie untersuche, werde ich noch nichts sagen, das soll Sie aber nicht beunruhigen. Es ist für mich wichtig, zunächst ganz in Ruhe alles zu betrachten und darüber nachzudenken. Selbstverständlich werden wir dann am Ende der Untersuchung ausführlich über alles reden.«

Während der Ultraschall-Untersuchung war ich ganz froh, dass er schwieg, denn zum ersten Mal konnte ich nun selbst alles ganz genau erkennen. Die Klinik verfügte sicher über eines der besten Geräte, und Dr. Witteler betrachtete unsere Kinder aus jedem möglichen Blickwinkel.

Ich konnte die winzigen Fingerchen erkennen und sehen, wie das Herz schlug. Eines der Kinder strampelte bereits wie ein Fußballprofi mit den Beinen. Es war eine Freude, das mitanzusehen. Da waren tatsächlich zwei winzige Babys in meinem Bauch, die lebten! Wie wunderbar hätte alles sein können, wenn nicht gleich darauf das Ultraschallgerät viele exakte Fotos von den Köpfen der Kinder gemacht hätte. Peter hielt meine Hand und wir beide schwiegen auch. Aber jeder Laie konnte hier erkennen, dass die Köpfe miteinander verbunden waren.

Schließlich konnte ich nicht mehr hinsehen und ließ meinen Blick umherwandern. Ein Poster mit den Entwicklungsstadien im Mutterleib hing an der Wand und gleich daneben das Bild eines Kindes. Darauf war eine Familie zu sehen, mit einem kleinen Kind an der Hand und einem anderen im Kinderwagen. Als ich es eine Weile betrachtet hatte, meinte Dr. Witteler: »Frau Block, wenn Sie jetzt bitte noch einmal schauen möchten?«

Peter und ich sahen gespannt zum Bildschirm. Der Arzt erklärte ganz genau, wie die Kinder lagen und zeigte uns, wo die Köpfe verbunden waren. Er sagte: »Zu diesem Zeitpunkt kann man noch nicht genau erkennen, wie die Köpfe zusammengewachsen sind oder wie groß die Fläche ist. Wir können auch noch nicht erkennen, ob die Gehirne miteinander verbunden sind.« In dem Moment kam ein zweiter Arzt hinzu, der sich als Dr. Deller vorstellte. Er schaute auf den Bildschirm und sagte dann: »Die Gehirne der Kinder sind wahrscheinlich miteinander verwachsen, es könnte sein, dass sie nicht lebensfähig sind. Es ist auch nicht sicher, ob sie die Schwangerschaft überleben.«

In diesem Augenblick traf mich der Schmerz wieder mit voller Wucht. Ich hielt es irgendwie aus, seine Worte zu hören und war dankbar, dass meine Hand noch in Peters lag. Er drückte sie sanft und schaute mich liebevoll an. In seinem Gesicht konnte ich den gleichen Schmerz sehen und die Ohnmacht, nichts tun zu können. Ich erinnerte mich daran, dass wir uns entschlossen hatten, Gott zu vertrauen und bat ihn in diesem Moment um genug Weisheit, mit den Worten des Arztes umzugehen. So hörten wir beide diese Nachricht an, aber sagten nichts dazu.

Irgendwann einmal war die Untersuchung zu Ende. Die beiden Ärzte baten uns noch in ein Beratungszimmer nebenan. Dr. Deller begann mit den Worten: »Wir möchten Sie darüber informieren, dass es möglich ist, die Schwangerschaft abbrechen zu lassen. Die Kinder haben eine schwere Behinderung. Selbstverständlich bleibt es Ihre Entscheidung.« Mein Herz klopfte vor Aufregung. Peter räusperte sich und sagte: »Nun, bisher hatten wir eigentlich gedacht, den Babys eine Chance zu geben.« Dr. Deller schüttelte den Kopf: »Es ist unklar, ob die Kinder die Schwangerschaft überstehen oder nach der Geburt weiterleben können.«

Ich war ein wenig erstaunt über seine Worte und fragte Dr. Witteler: »Wann ist die Entwicklung der Gehirne denn abgeschlossen?« »Ungefähr am Ende des fünften Monats«, war seine Antwort. Erleichtert lehnte ich mich zurück, ich war gerade erst am Anfang des vierten. »Aber dann dauert es ja noch sieben oder acht Wochen, bis man Genaues sagen kann.«

Peter ergänzte: »Vielleicht überleben sie doch und könnten sogar später getrennt werden.«

»Dazu kann man auch noch nichts sagen. Im Moment sieht es so aus, als ob es zwischen den Gehirnen gar keine Trennungslinie gibt. Dann ist eine Operation unmöglich.«

»Aber Sie könnten auch den Kontakt zu Spezialisten herstellen und sie um Rat fragen, nicht wahr?«

Dr. Witteler meinte: »Selbstverständlich, aber wir sollten wirklich abwarten, bis die Kinder weiter entwickelt sind. Wir werden einen Folgetermin in einigen Wochen vereinbaren.«

Peter sagte: »Wir werden alles noch einmal bedenken. Eigentlich steht unser Entschluss, die Kinder zu bekommen, aber bereits fest.« Wir verabschiedeten uns.

Dr. Witteler bat uns, noch einen Moment im Wartezimmer zu bleiben, bis er das Gutachten geschrieben habe. Die ganze Untersuchung und Besprechung hatte vielleicht eine Stunde gedauert. Nun mussten wir wieder warten.

Am Ende hatten wir viereinhalb Stunden in der Uniklinik verbracht, bis wir das Ergebnis in unseren Händen hielten. Wir waren müde und hatten seit dem Frühstück nichts gegessen. Die unausweichliche Gewissheit der Diagnose legte sich noch dazu bleischwer auf unser Gemüt. Wir waren am Ende unserer Kräfte und gingen mutlos zu unserem Auto zurück.

Während Peter noch in Münster tankte, kaufte ich ein paar Brötchen und zwei Flaschen Saft.

Die Rückfahrt nach Lemgo würde nun auch noch einmal eineinhalb Stunden dauern. Ich lehnte meinen Kopf ein wenig an das kühle Fenster und schaute auf die Häuser und Gehwege der Stadt. Menschen kamen von der Arbeit, Mütter gingen mit ihren Kindern spazieren und Hunde wurden ausgeführt. Waghalsige Fahrradfahrer kurvten in Windeseile um alle Fußgänger herum. Da draußen ging das Leben ganz einfach pausenlos weiter. Hier drinnen, in unserem Leben, schien die Uhr stillzustehen. Nur das Auto fuhr wie von selbst Kilometer um Kilometer und Straße um Straße zurück nach Hause.

Ich aber trat auf der Stelle und konnte mir keine Zukunft mehr vorstellen. Wo fuhren wir hin? Was für ein Zuhause würde das werden? Nichts war klar, noch nicht einmal, ob unsere Kinder überleben würden. Und wenn sie überlebten, wie konnten sie leben?

Mein Kopf schmerzte und ich lehnte mich wieder zurück in den Sitz. Peter hielt an einer roten Ampel. Er sah kurz zu mir und griff für einen Moment nach meiner Hand, bis er wieder schalten musste und weiterfuhr. »Das waren harte Worte«, sagte er traurig und blickte auf die Straße.

»Ja«, antwortete ich und sprach dann aus, was ich schon so lange dachte: »Wieso lässt Gott das zu, Peter? Warum bekommen gerade wir siamesische Zwillinge? Gott kann das doch nicht wirklich wollen. Er will doch, dass Kinder leben und lachen und glücklich sind. Was soll all das Leid?« Ich schluckte und kämpfte wütend gegen den Kloß in meinem Hals.

Peter umklammerte mit beiden Händen das Lenkrad. Er sagte mit rauer Stimme: »Das habe ich mich auch schon alles gefragt, Nelly. Und ich weiß auch keine Antwort.« Wir schwiegen eine Weile und dachten nach. Dann fuhr Peter fort: »Ich habe nicht gewusst, dass mein Gottvertrauen so erschüttert werden kann wie seit der Nachricht über unsere Kinder. Es war für mich immer selbstverständlich, dass Gott für mich sorgt und nur das Beste für mich will. Ich habe ihm immer vertraut. Jetzt ist alles ins Wanken geraten.« Erstaunt sah ich Peter an, denn er hatte ganz genau das ausgesprochen, was ich auch dachte. Ich fragte ihn: »Und kannst du ihm jetzt denn wieder vertrauen? Mir geht es ja auch so und ich weiß nicht, wie ich vertrauen soll. Alles ist so durcheinander und die Nachrichten über unsere Zukunft sind so schwarz, es tut so weh ...«

Peter nickte. »Ja, es tut so weh«, sagte er. »Und es wird wohl auch noch weiter wehtun. Aber im Gespräch mit unseren Eltern und auch noch an den nächsten Tagen, als ich in der Bibel gelesen habe, ist mir eins klar geworden: Wir sind nicht die Ersten, die Leid erleben und nicht die Letzten. Und was noch viel wichtiger für mich ist: Ich will nicht, dass mein Glaube nur von wechselnden Gefühlen bestimmt wird.«

Ich sah aus dem Fenster. Wir hatten Münster längst verlassen und nun flogen kahle Bäume und brachliegende Felder am Fenster vorbei. Ich dachte: »Wenn man nach draußen sieht, hat man den Eindruck, dass es nie wieder Frühling wird. Aber das ist ja Unsinn.«

Laut sagte ich zu Peter: »Ich will das auch nicht. Meine Stimmung ändert sich im Moment jeden Tag. Mal bin ich zuversichtlich und mutig und dann wieder verzweifelt und nur noch traurig. Aber ich möchte meinen Glauben nicht auf Gefühle bauen.«

Peter hatte aufmerksam zugehört und sagte nun: »Weißt du noch, wie wir nach dem Gespräch mit den Eltern beschlossen haben, Gott zu vertrauen? Wir müssen uns klar machen, dass es ein Willensentschluss ist, ihm zu folgen. Er wird für uns da sein. Ein Prediger hat uns doch mal aufgefordert, uns an dieses Versprechen immer wieder zu erinnern. Vielleicht müssen wir jetzt zum ersten Mal erleben, dass Gott uns wirklich trägt.«

»Das kann ich gebrauchen, denn allein kann ich im Moment keinen Schritt gehen«, sagte ich mutlos und Peter sah wieder kurz zu mir. »Wir werden es schaffen, Nelly.«

Nun fuhren wir lange Zeit schweigend weiter, jeder hing seinen eigenen Gedanken nach. Ich versuchte Gott alle meine Zweifel und Sorgen zu sagen.

Eine Antwort auf die Frage nach dem »Warum?« hatte ich immer noch nicht gefunden. Vielleicht würde ich die auch niemals bekommen. Aber ich merkte, dass ich das Geschehene langsam annehmen konnte. Es war ein ungewöhnlicher Weg, den unsere Familie gehen würde. Ganz sicher war es auch ein schwerer Weg. In meinem Bauch wuchsen diese beiden Menschen heran, die Gott jetzt schon kannte und liebte. Er hatte aus irgendeinem Grund zugelassen, dass sie an den Köpfen zusammengewachsen waren. Trotzdem war ich ganz sicher, dass er ihren Weg begleiten würde. Und wie dieses Ende auch aussehen mochte: Es würde nicht über eine Abtreibung herbeigeführt werden. Wir würden nicht darüber urteilen, ob diese Leben lebenswert sind.

Ich sagte zu Peter: »Wahrscheinlich müssen wir jeden einzelnen Tag aus Gottes Hand nehmen und immer wieder neu entscheiden, wie es danach weitergehen wird. Wir können nichts planen, wir müssen abwarten. Ich will die Kinder aber auf keinen Fall abtreiben lassen.«

Peter meinte erleichtert: »Wie gut, dass du das auch so siehst. Auch wenn sich der andere Arzt ganz sicher war, dass die Kinder nicht leben können. Ich möchte auch lieber abwarten, ob das wirklich stimmt und dann Gott noch einmal neu um Rat fragen.«

• 6. Das Muster des Meisters •

• Erschöpft ließ ich mich auf einen Küchenstuhl sinken und versenkte den Teebeutel im heißen Wasser. Es färbte sich sofort rot und verbreitete einen verführerischen Duft von Kirschen. Gedankenverloren ließ ich den Beutel auf und ab tauchen. »Bin ich mir wirklich so sicher wie eben am Telefon?«, fragte ich mich. Ich hatte noch einmal ein Gespräch mit dem Arzt geführt. Das klare Ultraschallbild der Uniklinik in Münster stand mir vor Augen. Die Kinder waren tatsächlich an den Köpfen zusammengewachsen, es gab keinen Zweifel. Mein Herz wurde ganz schwer bei dem Gedanken, die Babys könnten nicht überleben. Aber die Kinder lebten jetzt und dieses Leben konnten wir doch nicht einfach so beenden. Mit welcher Begründung denn? Weil sie nicht so sind, wie wir es uns gewünscht haben?

Ich schloss die Augen. »Ich will dir vertrauen, lieber Vater im Himmel, ich will. Du kennst den Weg, bitte nimm mich mit.«

Der Tee war fertig und langsam begann ich zu trinken. In den letzten Tagen war alles einigermaßen gut gegangen, aber nun hatte ich wieder das Gefühl, es könnte doch zu schwer für mich sein. Auf jeden Fall war es falsch hier zu sitzen und sich in immer denselben trüben Gedanken zu verfangen. Die Worte meiner Mutter – »Jetzt musst du weiterleben!« – kamen mir wieder in den Sinn. Entschlossen schob ich die Erinnerung an das Gespräch aus meinem Kopf. Heute Abend würde ich Peter davon erzählen, aber so lange waren andere Dinge wichtig. Zum Beispiel die Geschichten der Kinder aus der zweiten Klasse. Einen Augenblick später las ich die ersten Schreibversuche, verbesserte Fehler und konnte mich auf diese Weise ablenken.

So verflog der Frühling schnell mit der täglichen Arbeit in der Schule und in der Gemeinde. Ich ging regelmäßig zu den Untersuchungen bei meiner Frauenärztin und in Münster.

Nur wenige Menschen wussten, dass wir siamesische Zwillinge erwarteten. Deshalb war die Freude überall groß, als sich mein Bauch deutlich rundete und die Schwangerschaft nicht mehr zu übersehen war. Wir erzählten auch, dass es Zwillinge sind und konnten uns bald nett gemeinte Tipps und fröhliche Ratschläge anhören. Ich sagte zu all dem nur wenig und vertraute jeden Tag ein Stück mehr darauf, dass Gott unseren Weg kennt und uns führt.

Es war schwer, kein Kinderzimmer einrichten zu können und Freunde und Bekannte wunderten sich schon über unsere Nachlässigkeit. Was sollten wir aber kaufen? Welche Möbel würden wir tatsächlich brauchen, wie viel Kleidung in welchen Größen? Was würden die Zwillinge tragen, wenn man ihnen nichts über den Kopf ziehen konnte?

Manchmal gab es Tage, an denen ich die strampelnden Babys in meinem Bauch sehr genoss. Dann legte Peter fasziniert seine Hand auf die größer werdende Wölbung und sagte: »Tatsächlich – sie strampeln, tut das denn nicht weh?«

Schließlich war Juni und meine Ärztin bereitete mich darauf vor, dass die Zwillinge wohl früher geboren werden. Termin war im September, aber Mitte August sei mit ihnen zu rechnen, weil der Platz im Mutterleib nicht mehr ausreichen würde. Sie wollte mich mindestens vier Wochen vorher schon krankschreiben, um die Kinder und meine Gesundheit nicht zu gefährden.

Als ich das meiner Schulleiterin Sabine erzählte, beschlossen wir, es nun dem Kollegium mitzuteilen, wenn sich die Gelegenheit dazu ergeben würde.

Eine Morgenandacht war dazu am besten geeignet. Wir trafen uns jeden Tag 20 Minuten vor Schulbeginn. Abwechselnd bereiteten die Lehrerinnen und Lehrer eine kurze Andacht vor, wir sangen und beteten gemeinsam. Hier war auch der Raum für persönlichen Kummer oder Freude und für die kurze Besprechung wichtiger Dienstangelegenheiten. Alle Kollegen in Lemgo schätzten und liebten diese gemeinsame Zeit. Sobald ich den Mut dazu hatte, wollte ich ihnen von den siamesischen Zwillingen berichten, und ich war sicher, dass alle regelmäßig dafür beten würden.

Bis dahin lief alles wie gewohnt weiter.

Eines Tages saß ich in der zweiten großen Pause im Lehrerzimmer und trank meinen Tee. Ich genoss die Ruhe – irgendwie schienen alle anderen beschäftigt zu sein. Zwei Kollegen sprachen in einer Ecke über den Stoff der nächsten Woche, zwei andere waren in Schulhefte vertieft. Constanze kam herein, steuerte zielsicher auf die Kaffeekanne zu und stöhnte enttäuscht: »Auch das noch, kein Kaffee mehr da!« Grummelnd goss sie sich einen Tee ein und ich beobachtete sie amüsiert. Seufzend ließ sie sich auf den Stuhl neben mich fallen und schüttelte den Kopf. »Na, wer hat dich heute geärgert?«, fragte ich meine Kollegin. »Ach«, meinte sie stirnrunzelnd, »lass uns lieber die Pause genießen und über etwas Erfreuliches sprechen. Eure Kinder zum Beispiel! Werden sie ganz normal geboren oder mit Kaiserschnitt? Und willst du sie stillen?« Constanze sah mich interessiert an. Das war typisch für sie: ohne Umschweife zum Thema kommen und in Offenheit besprechen. Ich schätzte ihr fröhliches Wesen und die erfrischenden Andachten, die sie bei uns hielt. Das war eine gute Gelegenheit. Ich konnte es ihr sagen, einige andere wussten es ja auch schon. »Ja, weißt du«, erwiderte ich, »das ist bei mir alles etwas anders.« Sie schien nun ein wenig erschrocken zu sein und wartete ab. »Es sieht so aus, als ob es siamesische Zwillinge sind, die Kinder sind an den Köpfen zusammengewachsen«, erzählte ich weiter und nahm einen Schluck Tee.

Die Sonnenstrahlen kämpften sich durch den großen Kastanienbaum vor dem Fenster und tauchten das Lehrerzimmer in warmes Licht. Constanze sah mich betroffen an. »Das ist ja schwer für euch, Nelly. Es tut mir sehr Leid. Und ich frage noch so blöde nach der Geburt und dem Stillen ...«, sie schüttelte den Kopf über sich selbst. »Ist doch nicht schlimm«, versicherte ich ihr, »ich werde Milch abpumpen und die Kinder damit versorgen, habe ich mir jedenfalls so gedacht.« Jetzt nickte sie. »Ja, und wo werden die Babys zur Welt kommen?« Ich erzählte ihr alles und zum Schluss sagte sie: »Nelly, wir werden auch beten, dass Gott euch genug Kraft gibt. Mehr kann ich ja nicht tun. Aber wenn dich irgendwann einmal die Presse bestürmt, dann werde ich etwas richtig Gutes für dich schreiben. Für eine christliche Zeitschrift vielleicht?« Ich bedankte mich lachend, konnte mir das aber wirklich nicht vorstellen. Wir hatten im Moment noch ganz andere Sorgen.

Nach und nach sprach sich die Neuigkeit herum. Nachdem es auch offiziell während der Morgenandacht mitgeteilt wurde, bat Sabine alle Kollegen um Schweigen. Sie sagte: »Es wäre eine Presse-Sensation, wenn die Öffentlichkeit davon erfährt, das wollen wir Blocks so lange wie möglich ersparen.«

Alle hielten sich daran und beteten von nun an regelmäßig für uns und die Kinder.

Am 14. Juli hatte ich einen Termin bei meiner Frauenärztin. Während der Untersuchung stellte sie eine leichte Wehentätigkeit fest und gab mir zur Sicherheit bereits eine Einweisung ins Klinikum nach Münster mit. Dort sollte ich mich am 18. zur nächsten Kontrolle einfinden. Frau Mertens meinte noch: »Nehmen Sie schon einmal Ihre Tasche mit, wahrscheinlich werden die Kollegen Sie gleich dort behalten.«

Ein bisschen traurig packte ich meine Sachen und fuhr mit Peter zum genannten Termin nach Münster.

Tatsächlich schlug auch Dr. Witteler vor, dass ich gleich dableiben solle.

Nach einem CTG[2] im Kreißsaal trafen wir uns mit den Kinderärzten und Dr. Witteler im Besprechungszimmer. Falls die Zwillinge schon bald geboren werden würden, sollten alle gut vorbereitet sein. Das folgende Gespräch werde ich nie vergessen.

In aller Offenheit sprachen die Ärzte über die vielen Komplikationen, die während und nach der Geburt eintreten könnten. Die Kinder könnten blind sein, vielleicht würden sie nicht atmen. Schließlich konnte ich es fast nicht mehr aushalten. »Es gibt so viele Grenzen, an die wir stoßen können, wenn die Kinder tatsächlich jetzt schon geboren werden«, sagten sie.

«Wie kommen Sie darauf, was ist die Grundlage für diese vielen Vermutungen?«, fragten wir die Ärzte.

»Nun, es gibt keine konkreten Anhaltspunkte. Wir möchten nur sicher sein, dass Sie über alles Bescheid wissen. Sie müssen entscheiden, was wir tun sollen. Sollen wir eingreifen, wenn es den Kindern schlecht geht? Oder sollen wir gar nichts machen und sie sterben lassen?«

Betroffen schauten Peter und ich uns an. Was sollten wir denn zum jetzigen Zeitpunkt schon dazu sagen? Letztendlich würden wir solche Entscheidungen nur treffen können, wenn wir die Kinder gesehen und die Diagnose der Ärzte nach der Geburt gehört hätten. Mussten wir jetzt schon alle Eventualitäten absprechen?

Schließlich meinte Peter: »Wir wollen keine Intensivmedizin. Die Kinder sollen nicht künstlich am Leben erhalten werden, wenn es wirklich so aussieht, als ob sie sterben. Wir kennen uns aber da nicht aus, Sie müssen das wissen, wenn die Zwillinge da sind.«

Außerdem, sagte Peter noch, sei er ja bei der Geburt dabei und ich würde sie mit der Rückenmarksnarkose auch bewusst erleben. Also könnten wir noch konkrete Entscheidungen treffen, wenn es so weit wäre.

Es war für mich fast unerträglich, dieses Gespräch anzuhören. Gab es denn nicht die kleinste Chance, dass die Kinder überleben? Schließlich durften wir gehen und ich wurde auf der Station eingewiesen. Ich erhielt ein Bett und Abendbrot.

Peter saß im Zimmer, während ich meine Sachen in den Schrank räumte. »Wie schade, dass du nach Hause fahren musst«, sagte ich und kämpfte mit den Tränen. Die schrecklichen Vermutungen der Kinderärzte klangen noch in mir nach. Und nun war ich auch noch allein hier, in einem fremden Zimmer, ohne Peter. Ich würde vor lauter Sorgen bestimmt nicht schlafen können. Kein Peter würde da sein, um mich zu trösten oder mir Sicherheit zu geben.

Peter stand auf und nahm mich in den Arm: »Ich komme gleich morgen wieder, wenn ich zu Hause alles erledigt habe. Dann nehme ich mir ein Zimmer in der Stadt und bin den ganzen Sonntag auch noch hier. Das ist doch gut, oder?« Ich nickte, wollte ihn aber trotzdem nicht gehen lassen. Ich konnte doch jetzt nicht allein sein. All die negativen Informationen in meinem Kopf verdrehten meine Gedanken. Das letzte Fünkchen Hoffnung war erloschen. Aber ich musste ja vernünftig sein und so fuhr Peter davon.

Als er fort war, sank ich auf mein Bett. Saubere weiße Bettwäsche, ein kleines Nachtschränkchen und ein blanker Fußboden. Mittendrin die erwachsene Nelly Block, im achten Monat schwanger mit siamesischen Zwillingen. »Ich habe gelernt, studiert, gebetet und nichts hat mich auf diesen Augenblick vorbereitet«, dachte ich. »Ein Häuflein Elend mit Angst im Kopf und Schmerz in der Seele.« Ich wäre so gern wieder Kind gewesen. Damals konnte ich zu meinen Eltern laufen, wenn es mir schlecht ging. Sie hatten mich in den Arm genommen und getröstet. Mama und Papa machten irgendwie immer alles gut. Selbst wenn es nicht gut wurde, waren sie da und hielten mich fest. Ich weinte in mein Kopfkissen und sehnte mich nach Hause zurück.

Plötzlich tauchte vor meinem inneren Auge der Teppich im Wohnzimmer auf, dessen Rückseite nur ein Gewirr aus bunten Fäden war. Ich putzte mir die Nase und hielt den Gedanken fest. »Nur der Meister kennt das Muster«, hörte ich Ella sagen und in derselben Sekunde fühlte ich mich in den Arm genommen. Mein Papa war ja da, Gott war da. Ich betete und schüttete mein Herz aus. Aber die Traurigkeit blieb mit der Sorge um unsere Kinder. Irgendwann in dieser Nacht wurde mir bewusst, dass Gott nicht alle Schmerzen und Lasten einfach wegnimmt, wenn ich ihn darum bitte. Er kommt aber selbst zu mir und hilft mir beim Tragen. In all den Monaten der Schwangerschaft hatte er das bereits getan. Es ging mir blendend, ich hatte Freude an der Kinderarbeit und konnte einfach so weiterleben, obwohl die Zukunft schwarz und traurig vor mir lag. Die ganze Zeit hatte Gott selbst mir Menschen geschickt, die die Last mit mir trugen. Er hatte mir Gedanken geschenkt, die gut waren und Worte, die mich vorwärts brachten.

Das durfte ich nicht vergessen. Manchmal war alles so schwer, dass die Gewissheit um Gottes Nähe in weite Ferne rückte. Ich musste mich daran erinnern und mein Leben wieder ganz in seine Hand legen. Der Meister sollte sein Muster verwirklichen können und ich würde knüpfen, auch wenn ich den Sinn noch nicht verstand.

• 7. Die Geburt •

• Ich verbrachte die nächste Woche auf der Station. Die Schwestern versorgten mich und meine Bettnachbarin nicht nur mit den täglichen Mahlzeiten, sondern auch mit den wichtigsten Neuigkeiten. Fröhlich plaudernd kamen sie herein und scherzten über unser »Luxuszimmer«: »Draußen sind mittlerweile jeden Tag 30°C, meine Damen. Das Krankenhaus wird nun einen Zuschlag für die überlastete Klimaanlage nehmen müssen.«

So verging die Zeit in freundlicher Atmosphäre und ich war dankbar für die netten Schwestern, die inmitten des großen Kliniktrubels immer Zeit für ein gutes Wort hatten.

Jeden Morgen fragten sie munter: »Haben Sie gut geschlafen? Wie geht es Ihnen, spüren Sie noch Kindsbewegungen?«

Tag für Tag verstrich, ich durfte die Station nicht verlassen, aber Peter kam, sooft es ging. Ich las, schlief und sprach mit meiner Bettnachbarin.

Nach einer Woche, am folgenden Freitag, hatte ich wieder einen Termin bei Dr. Witteler. Nach der Ultraschall-Untersuchung machte ich mit ihm schriftlich fest und unterschrieb, dass ich genauso untersucht werden wollte wie andere Schwangere. Nur Intensivmedizin nach der Geburt lehnten wir weiterhin ab. Wenn die Kinder tatsächlich nicht lebensfähig sein sollten, würden sie sterben und niemand sollte versuchen, ihr Leben künstlich zu verlängern.

Am Abend sprach ich noch sehr lange mit Peter darüber. Bevor Peter ging, sagte er: »Siehst du, Nelly, Gott hat auch hier seine Hand im Spiel. Obwohl die Kinder nicht überwacht wurden, geht es ihnen anscheinend gut. Ich glaube, es ist eine weitere Bestätigung, dass Gott das Leben unserer Zwillinge will.«

Am Freitag der dritten Woche, am 8. August, überlegten wir gemeinsam mit Dr. Witteler, wann die Kinder geboren werden sollten. »Ich würde nächste Woche Freitag, den 15., wählen«, schlug der Arzt vor. »Die Spritze zur Lungenreife der Kinder haben Sie ja bereits vor mehr als zehn Tagen bekommen, sie wird also bereits abgeschlossen sein. Außerdem ist so kurz vor dem Wochenende bei uns weniger Betrieb. Die nötigen Ärzte und Schwestern sind noch im Haus, aber wir können die Presse leichter raushalten, die sich sehr für Ihren Fall interessieren wird.«

Das schien uns schlüssig zu sein. Dennoch war ich etwas beunruhigt: »Aber zählt nicht jeder Tag im Mutterleib? Ist es nicht besser, noch länger zu warten, damit die Kinder größer werden?« Dr. Witteler erklärte freundlich: »Die Kinder sind bereits gut entwickelt, vielleicht noch etwas leicht, aber sicher schon zusammen über 4000 Gramm schwer. Ich habe die Befürchtung, dass die Versorgung der Zwillinge danach schlechter wird. Im Moment könnten sie aber draußen im Wärmebettchen schon gut überleben. Im Mutterleib wird es ab nächster Woche jeden Tag kritischer.«

Peter und ich stimmten zu und freuten uns über diesen freundlichen Arzt, der uns während der Untersuchungen in Münster alles so gut erklärt hatte und dem daran gelegen war, das Leben unserer Kinder zu erhalten.

Am nächsten Morgen ging ich zum CTG runter und legte mich gemütlich auf die Liege. Ich schloss die Augen und lauschte dem leisen Rattern der Nadel, die die Kurven auf das Papier schrieb. Ab und zu kam die Hebamme, schaute auf das Blatt und ging freundlich lächelnd wieder davon. Lag ich länger hier als sonst? Es kam mir so vor. Als die Hebamme das nächste Mal erschien, schaltete sie das Gerät aus. Sie zog den langen Papierstreifen heraus und riss ihn ab. Dann stellte sie sich neben mich und zeigte mir die kleinen Berge, die die Nadel gemalt hatte. »Sie haben regelmäßige Wehen, Frau Block«, sagte sie. Erstaunt sah ich auf das Papier. »Tatsächlich? Aber ich merke doch gar nichts«, erwiderte ich. »Noch nicht«, meinte sie mit einem

Lächeln, »aber ich möchte trotzdem gern Dr. Witteler verständigen. Er soll sich das mal ansehen und entscheiden, ob wir jetzt handeln müssen.«

Sie verließ den Raum und ich setzte mich verwirrt hin. Aber die Kinder sollten doch erst nächsten Freitag geboren werden? Wenn ich mich nun genau konzentrierte, spürte ich tatsächlich ein leichtes Ziehen im Rücken. Dr. Witteler kam und schaute sich die Kurven des CTG an. Dann lächelte er mich an und sagte: »Tja, Frau Block, es sieht so aus, als wollten Ihre Zwillinge bereits heute zur Welt kommen. Ist Ihr Mann denn schon da?« »Nein, ausgerechnet dieses Wochenende wollte er noch länger zu Hause bleiben, um dort ein paar Sachen zu erledigen.« »Dann rufen Sie ihn besser gleich an. Er braucht ja sicher noch einige Zeit, bis er hier sein kann, nicht wahr?« Ungläubig starrte ich Dr. Witteler an. Dann nickte ich. Er stand auf. »Ich werde gleich die Kinderärzte und das OP-Team verständigen. Bis alles bereit ist, dauert es noch einige Zeit. Sagen Sie Ihrem Mann also, dass wir auf jeden Fall auf ihn warten.« Nun ging es also tatsächlich los. Mein Herz begann aufgeregt zu klopfen und ein flaues Gefühl machte sich in meinem Magen breit. Heute würde sich entscheiden, ob die Kinder leben, ob sie nach der Geburt atmen und schreien würden. Heute war der Tag der Geburt, der 9. August 2003.

Ich rief Peter an, der zuerst gar nicht glauben konnte, dass er kommen sollte. »Aber ich bin gerade mit dem Farbtopf unterwegs, um das Kinderbett zu streichen!«, antwortete er. »Dann mach den Deckel drauf, pack ein paar Sachen und komm her. Deine Kinder werden heute geboren!«, antwortete ich und fügte ängstlich hinzu: »Aber du musst nicht schnell fahren, sie werden auf jeden Fall auf dich warten!«

Ich wurde gleich in das Vorbereitungszimmer gebracht und ein Anästhesist kam, um mich über die Rückenmarksnarkose aufzuklären. Mittlerweile war ich sehr aufgeregt und richtig froh, mich für diese Art der Betäubung während des Kaiserschnitts entschieden zu haben. Ich würde die Kinder gleich sehen können. Ich könnte selbst hören, ob sie schreien und atmen würden. Und ich wäre dabei, wenn sie tatsächlich sterben sollten. Ein schrecklicher Gedanke, aus einer Vollnarkose aufzuwachen und zu erfahren, dass die Kinder tot sind. Was immer geschah, Peter könnte mit mir sprechen und mir alles erzählen.

Um mich herum setzte nun ein reges Hin und Her von Schwestern und Ärzten ein. Nach und nach wurde ich von allen begrüßt. Sie stellten sich vor und versuchten mir etwas die Aufregung zu nehmen. Das OP-Team scherzte und lachte, jeder hatte ein freundliches Wort für mich.

Ich aber schaute nur zur Tür, da ich auf Peter wartete. Monatelang hatten wir auf diesen Augenblick hin gehofft und gebetet. Nun würden wir in einer Stunde wissen, wie die Kinder aussehen. Ich schloss die Augen und nahm das taube Gefühl im Bauch und in den Beinen wahr. Nun konnte ich nicht mehr weg hier. Die Rückenmarksnarkose wirkte bereits. Gleich begann die Geburt. Merkwürdigerweise hatte ich keine Angst mehr. Mir fiel die Karte ein, die als Lesezeichen in meiner Bibel lag. »Es gibt Berge, über die man hinüber muss, sonst geht es nicht weiter.«

Dr. Witteler kam und versicherte: »So ein Kaiserschnitt ist keine große Sache, Frau Block. Wir haben da viel Erfahrung, alles wird gut gehen, keine Bange. Die besten Kinderärzte von der Intensivstation werden dabei sein. Sie werden sich die Babys gleich ansehen und das Beste für die beiden tun.« In diesem Moment wurde es auf dem Flur lauter, eine Schwester kam herein und verkündete: »Herr Block ist da, wir können gleich anfangen.«

Wenige Augenblicke später saß Peter auch schon neben mir. Er beugte sich zu mir und küsste mich sanft. »He, du hättest ja doch schon fast ohne mich angefangen!«, meinte er schmunzelnd. Als er aber meine Hand nahm, merkte ich seine Aufregung. »Gleich sind sie also wirklich da«, flüsterte er mir ins Ohr, »ich bin schon ganz gespannt.«

Der OP-Saal war nun voller Menschen, es ging los. Innerhalb weniger Minuten berichtete Dr. Witteler: »Alles klappt wie am Schnürchen, Herr und Frau Block, wir werden jetzt die Kinder holen.« Peter und ich hielten den Atem an.

Ein dünner Schrei ertönte und gleich darauf noch einer. Das waren ganz deutlich zwei kleine Babys, die protestierten, aus der warmen, dunklen Höhle ins kalte, grelle Tageslicht geholt worden zu sein. Ich war erleichtert, aber immer noch besorgt. Anscheinend atmeten die Kinder, sie lebten. »Aber wie geht es weiter? Wie sehen sie aus?« Peter wurde ungeduldig und sprang auf. Er schaute über das Tuch, das den OP-Bereich von uns abtrennte und warf einen Blick auf die Kinder. Dann setzte er sich wieder, drückte aufgeregt meine Hände und meinte leise: »Sie atmen und schreien, sie leben, Nelly! Sie haben zwei niedliche kleine Gesichter.«

Die Kinderärzte schoben das Bett mit den Babys schnell heraus. Ich betete die ganze Zeit dasselbe: »Du bist da, Gott, bitte hilf ihnen!« Nach kurzer Zeit wurde Peter ins Nebenzimmer zu den Kindern gerufen. Als die Tür aufging, hörte ich immer noch die kleinen Stimmchen und hatte große Hoffnung, dass sie leben würden.

Die Wunde war genäht und versorgt, nach und nach leerte sich der Raum. Dr. Witteler ging nach nebenan, um die Kinder zu sehen und ich wurde langsam unruhig. Eine sehr nette Hebamme setzte sich zu mir und erklärte mir noch einmal den Kaiserschnitt und worauf ich in den nächsten Tagen achten sollte. Dann wurde ich im Bett nach nebenan gefahren, wo die Schwestern schon mit den Babys warteten. Sie lagen in einem Wärmebett und sollten gleich auf die Kinderstation gebracht werden.

Peter stand daneben und strahlte: »Darf ich vorstellen, Mama Block. Das sind also unsere Töchter: Tabea und Lea. Es geht ihnen ganz gut, sie müssen nicht auf die Intensivstation.«

Die Hebamme stellte das Kopfteil meines Bettes hoch, damit ich sie besser sehen konnte.

Zwei winzige Babys mit kleinen roten Gesichtchen lagen dort.

Sie waren bezaubernd. Beide hatten die Äuglein geöffnet, ein Mädchen saugte an seinem Fäustchen. Die Gesichter waren voneinander abgewandt und die Köpfe im oberen Bereich miteinander verbunden. Ich schaute sie lange an und war sehr bewegt. Meine Kinder, unsere Kinder!

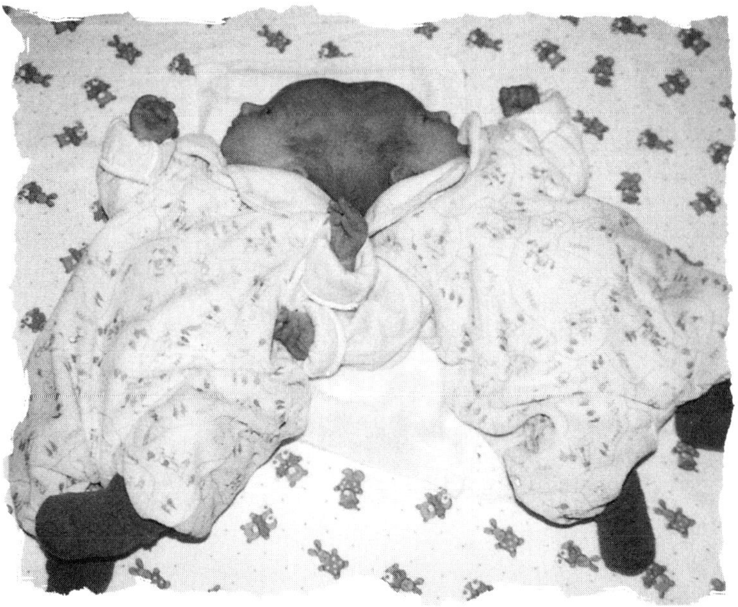

➤ Lea (l.) und Tabea (r.) im Alter von einem Monat

B

August 2003 bis Mai 2004: Leben mit Tabea und Lea

Leben mit Tabea und Lea

• 8. Leben lernen •

Ich hatte eine unruhige Nacht verbracht. Die Naht schmerzte sehr und obwohl ich sehr müde war, fand ich kaum Schlaf. Ich durfte noch nicht zurück in mein Zimmer, sondern war noch an einen Überwachungsmonitor angeschlossen. Ab und zu kam die Nachtschwester und sah nach dem Rechten. Immer wieder kreisten meine Gedanken um Tabea und Lea. Sie waren so winzig, so zerbrechlich. Ob es ihnen noch gut ging? Würde man mir sagen, wenn sich etwas veränderte?

Endlich kam der Morgen und ich wurde zurück ins Zimmer gebracht. Die Hebamme kam, um mir beim Abpumpen der Muttermilch für meine Mädchen zu helfen.

Bald darauf stand Peter in der Tür. Ich hatte jetzt große Sehnsucht danach, die Kinder zu sehen und war froh, dass er kam. Gemeinsam mit einer Schwester fuhr er mich hinauf zur Station, auf der die beiden beobachtet wurden.

Wir rollten ins Zimmer und gleich schob die nette Krankenschwester das Bettchen zu mir. »Guten Morgen, Mama!«, sagte sie stellvertretend für die Zwillinge, die ruhig in ihrem Bettchen schliefen.

Sie waren genauso winzig, wie ich sie in Erinnerung hatte. Dabei hatten sie mit ihren gemeinsamen 4300 Gramm ein ganz normales, sogar recht gutes Gewicht für zu früh geborene Zwillinge. Wir streichelten sie vorsichtig und ich legte meine Hand auf den Bauch eines Babys. »Das ist unsere Tabea«, verkündete Peter und erzählte mir von der Namensentscheidung: »Als die Ärzte mich fragten, wie die Mädchen heißen sollen, habe ich die Namen genannt, wie wir es besprochen hatten.« Nun streichelte ich vorsichtig Leas Bäuchlein und fragte: »Hat dann die Schwester entschieden, welches Kind wie heißen soll?« »Nein, natürlich nicht!« Stolz schaute Peter mich an. »Ich habe spontan auf eines der Mädchen gezeigt und dann gesagt: ›Das ist Tabea!‹ Dabei ist herausgekommen, dass Tabea die Erstgeborene ist. Eine Sekunde älter als Lea.«

Ich streichelte Tabeas Hand mit meinem kleinen Finger und sie griff gleich zu und ließ ihn nicht mehr los. Mein Herz machte einen kleinen Hüpfer vor Freude und mir kamen die Tränen. Was für winzige Fingerchen sie hatte! Wenige Minuten später hielt Lea meinen Finger in ihrem Fäustchen. »Ihr seid zwei so hübsche Mädchen«, dachte ich glücklich, »ich werde euch helfen und beschützen, so gut ich es kann. Gott passt auf uns auf, er kennt den Weg, ihr werdet es sehen.«

Lea musste noch beatmet werden. Eine Schwester beruhigte mich: »Das ist bei Frühgeborenen nicht ungewöhnlich, Frau Block. Nach einer Woche, vielleicht auch zweien, wird das nicht mehr nötig sein.«

Ein dünner Schlauch war auf den kleinen Wangen der Mädchen festgeklebt und führte in ihre Nase. Der Kinderarzt kam und erklärte: »Die beiden sind noch sehr schwach, sie schaffen es noch nicht, zu saugen und so aus der Flasche zu trinken. Darum werden sie sondiert. Die Milch wird über den Schlauch direkt in ihren Magen geleitet.«

Peter fragte erschrocken: »Dann werden sie nicht selbst trinken können?« Der Arzt beruhigte ihn: »Die Kinder sind vier Wochen zu früh geboren und sehr klein. Wir müssen in solchen Fällen häufig sondieren. Das ist kein Grund zur Sorge. Die Schwestern werden den beiden immer wieder die Flasche anbieten und bald werden sie es lernen, daraus zu trinken.«

»Dann sind die Kinder also sonst ganz gesund?«, erkundigte ich mich. Der Arzt nickte: »Es ist erstaunlich. Die Vitalwerte sind ausgezeichnet. Lea braucht noch ein bisschen Sauerstoff, aber das ist auch nicht ungewöhnlich. In den nächsten Tagen werden wir auch ein neues MRT[3] aufnehmen, um die Gehirnstruktur der Mädchen ganz genau analysieren zu können.«

»Können Sie dann die neuen Aufnahmen von den Köpfen gleich an Dr. Carson nach Baltimore mailen? Dann können die Spezialisten dort bald Genaueres zu einer möglichen Trennung sagen.«

Bereits während der Schwangerschaft hatte Dr. Witteler Aufnahmen der Kinder über das Internet nach Amerika gesandt. Die Ärzte dort hatten festgestellt, dass die Gehirne der Kinder nicht miteinander verwachsen, sondern ganz unabhängig voneinander waren. Sie meinten schon damals, dass es eigentlich möglich sein müsste, die Mädchen zu trennen. Nun waren sie geboren worden und weitere Untersuchungen konnten gemacht werden.

Hoffnungsvoll streichelte ich über die kleinen Köpfchen der Kinder. Gerade blinzelten sie verschlafen. Es war ein ungewohnter Anblick: Babys mit einer sehr hohen Stirn und einem Oberkopf, der nicht aufhörte, sondern sich gleich an den nächsten anschloss. Aber die beiden Gesichter mit den winzigen Stupsnäschen, die kleinen Ohren und Münder mit schmalen, dünnen Lippen waren so herzergreifend, dass ich mich schnell daran gewöhnte. Ich hatte es gewusst und jetzt waren sie da: Tabea und Lea.

Nach einer Weile mussten wir uns verabschieden, die Zeit für das Mittagessen war gekommen und meine Narbe schmerzte wieder sehr.

Heute Nachmittag würden wir ja schon wiederkommen. Als wir wieder in meinem Zimmer waren, meinte Peter: »Ich bin so glücklich, Nelly, ich könnte platzen, endlich sind sie da. Wir haben so schlimme Befürchtungen gehabt und nun sind sie so hübsch und gesund. Bestimmt wird alles gut werden. ›Unsere Kinder‹ – klingt das nicht toll? Ich habe sie jetzt schon so lieb, dabei sind sie erst einen Tag auf der Welt.« Er setzte sich auf mein Bett. Ich freute mich auch und musste innerlich ein wenig über den stolzen Vater schmunzeln. Schnell zog ich ihn an mich und drückte ihn: »Du wirst bestimmt ein toller Papa, davon bin ich überzeugt! Ich habe dich gut als Vater für meine Kinder ausgesucht.« Peter machte sich los und scherzte empört: »Du hast mich ausgesucht? Ha – das war ja wohl etwas anders! Sei froh, dass ich dir erlaube meine entzückenden Töchter zu versorgen!« So alberten wir eine Weile herum, bis ich schließlich rief: »Schluss jetzt, Lachen ist ganz schädlich für Operationsnarben. Meine tut jedenfalls bei jeder Bewegung weh, aufhören!«

Peter ging lachend zum Fenster und schaute in den strahlenden Sonnenschein hinaus. Nach ein paar Minuten meinte er nachdenklich: »Ich hätte nicht gedacht, dass bei mir die Freude so überwiegt. Schließlich wird es noch schwer genug werden.« Er fügte hinzu: »Ist es nicht auch wunderbar, dass sie ansonsten scheinbar ganz gesund sind? Das ist doch ein gutes Zeichen, eine Operation könnte möglich sein.«

Nun kramte ich in der Schublade des kleinen Tisches und holte mein Andachtsbuch heraus. »Das wollte ich dir noch vorlesen. Gestern Morgen wurde ein ganz toller Bibelvers erklärt. Jeremia 33, Vers 3: ›Gott sagt: Rufe mich an, so will ich dir antworten und will dir kundtun große und unfassbare Dinge, von denen du nichts weißt.‹«

Einen Moment waren wir still. Ich freute mich noch einmal über diesen Vers, der mir gestern den ganzen Tag Kraft gegeben hatte und nun wie eine gute Verheißung über dem Leben der Zwillinge stand. Gott hatte bereits geantwortet, denn die Kinder lebten. Ich wusste nicht, warum er es zugelassen hatte, dass sie an den Köpfen zusammengewachsen waren. Ich wusste aber ganz genau, dass Gott die ganze Zeit da gewesen war, dass er unsere Gebete erhört hatte. »Große und unfassbare Dinge, von denen ich nichts weiß«, würden geschehen. Das hatte Gott mir ganz persönlich zugesagt, ich war sicher.

Schließlich sagte ich zu Peter: »Ich habe nur eine kleine Kraft, im Moment eher gar keine. Die Narbe tut mir weh, ich kann meine Kinder nicht allein versorgen und weiß noch nicht einmal, wie ich sie auf den Arm nehmen soll. Aber ich will auf die großen Dinge achten, die Gott mir versprochen hat, dass sie nicht an mir vorbeigehen.«

Peter versprach: »Ich habe noch Kraft, wenn du keine mehr hast, und umgekehrt ist es auch so. Und wenn wir beide nicht mehr können, muss Gott uns irgendwie allein durchtragen. Er wird das schaffen.«

Als mein Mittagessen kam, ging Peter zum Restaurant und ich schlief danach etwas.

Am Nachmittag kamen unsere Eltern. Peter hatte mir schon erzählt, dass ihre erste Frage war: »Und stimmt es, sind es siamesische Zwillinge?« Als Peter das bestätigte, wurden sie still und sehr bedrückt, denn bis zum Schluss hatten sie gehofft, dass die Ärzte sich irren könnten. Nun kamen sie zuerst zu mir und begrüßten mich. Sie freuten sich, dass es mir schon wieder ganz gut ging. Dann verschwanden sie mit Peter in Richtung Kinderstation.

Als sie wieder kamen, schienen sie sehr erschüttert zu sein.

Ich merkte, dass es ein Schock gewesen sein musste, die Zwillinge das erste Mal zu sehen.

Peters Vater räusperte sich. »Also, die Augen haben sie ganz bestimmt von dir, Nelly. Das sieht man sofort. Sie sind dir wie aus dem Gesicht geschnitten!« Ich meinte: »Dann habt ihr wohl nicht die Kinngrübchen gesehen – so wie bei Peter!« »Gute Mischung zwischen euch beiden«, antwortete mein Vater.

Trotz der scheinbar lockeren Unterhaltung konnte ich ihre Niedergeschlagenheit deutlich merken und traute mich kaum, den Eltern ins Gesicht zu blicken. Sie waren so traurig und müde und erinnerten mich an die Zweifel und Ängste, die mich selbst immer wieder zu überwältigen drohten.

Mir kamen die Tränen, weil ich so enttäuscht war. Immer wieder hatten wir versucht, die Eltern auf diesen Augenblick vorzubereiten, aber scheinbar war es nicht gelungen. Wir konnten uns über die hübschen Gesichter und winzigen Gliedmaßen richtig freuen. Es waren einfach unsere Kinder und wir wollten sie annehmen und lieben, wie sie sind. Diese Freude konnten sie in diesem Moment noch nicht mit uns teilen. Das war nicht verwunderlich, aber trotzdem schmerzhaft für mich. Bald darauf verabschiedeten sich unsere Eltern auch wieder. Sie dachten wohl, ich sei sehr müde und es sei zu viel für mich geworden.

Am nächsten Tag durfte ich bereits aufstehen. Wenn ich mich vorsichtig bewegte, schmerzte die Narbe nicht zu sehr und ich konnte öfter am Tag nach den Zwillingen sehen.

Anfangs wusste niemand so richtig, wie man die Kinder anfassen sollte. Zwei Schwestern nahmen sie gleichzeitig hoch und jede stützte dabei ein Köpfchen. Nach einiger Zeit konnten die Schwestern sie aber auch allein hochheben und mir in die Arme geben. Wann immer es ging, kam ich ins Kinderzimmer und setzte mich in einen bequemen Stuhl. Dann wurden mir die beiden auf die Brust gelegt und wir konnten einige Zeit kuscheln. Ich genoss ihre Nähe und schaute immer wieder einmal nach links und dann nach rechts.

Am vierten Tag sah ich erstaunt, dass Lea nicht mehr beatmet wurde. Die Schwester strahlte mich an: »Sie schafft es jetzt sehr gut allein, Frau Block, alles ist in Ordnung.« Ich freute mich sehr und musste Peter die gute Nachricht gleich am Telefon mitteilen.

In der nächsten Zeit erholte ich mich tatsächlich sehr gut vom Kaiserschnitt und wurde bald entlassen.

• 9. Tabea und Lea •

Peter hatte sich Urlaub genommen. Im Elternhaus gegenüber der Klinik war ein Zimmer für uns frei und nun zogen wir dort ein. Mehrmals am Tag gingen wir hinüber ins Krankenhaus und versorgten unsere Kinder. Alle vier Stunden sollten sie zu essen bekommen und unser Ziel war es, sie möglichst bald ganz ohne Sonde ernähren zu können.

So kamen wir pünktlich zu den Baby-Mahlzeiten in ihrem Zimmer an und begannen das Pflege-Zeremoniell mit einer fröhlichen Begrüßung: »Guten Morgen, Prinzessinnen Tabea und Lea, haben Sie wohl geruht?« Wir erwärmten die Fläschchen und dann ging das lange Geduldsspiel los: »Lea spuckt den Sauger immer wieder aus, irgendwie versteht sie heute gar nicht, was das soll.« Verzweifelt versuchte Peter, sie zum Trinken zu bringen. »Dabei hat sie gestern Abend noch 30 Milliliter geschafft, heute hat sie wohl wieder alles vergessen.« Auch ich schob den Sauger immer wieder in den Mund ihrer Schwester: »Tabea schläft gleich ein, fürchte ich. Es scheint doch anstrengend zu sein selbst trinken zu lernen.« Ich kraulte behutsam ihren Bauch.

Wenn jede 60 Milliliter allein zu jeder Mahlzeit trinken könnte, dürften wir die Kinder mit nach Hause nehmen. 60 Milliliter, sechsmal am Tag – dieses Ziel schien uns in den ersten Tagen unendlich weit entfernt. Wenigstens konnte ich immer noch genug Milch abpumpen und war sehr froh, den beiden auf diese Weise die gesündeste und beste Babynahrung geben zu können.

Nach dem Trinken wickelten wir die beiden. Zuerst war es ungewohnt, so kleine Körperchen hin und her zu bewegen und wir befürchteten, sie zu verletzen. Aber schnell war uns klar, dass wir die Zwillinge nicht mit Samthandschuhen anfassen mussten und dass ihnen auch die zusammengewachsene Stelle am Kopf keine Schmerzen bereitete. »Jetzt guck dir diese winzige Zehen an, Nelly!« Peter kitzelte Leas Füße. »Sind Tabeas eigentlich auch so klein?« Belustigt sah ich hinüber. »Was glaubst du denn, es sind eineiige Zwillinge. Aber guck mal, das rechte Ohr von Tabea ist irgendwie anders als Leas!« Peter beugte sich über die Köpfe der Kinder und begutachtete die Ohren. »Tatsächlich, sieht so aus, als hätten wir einen Unterschied gefund…« Plötzlich hielt er inne und rief: »Iiih, was ist das denn?« Entsetzt schnellte sein Oberkörper hoch, er sah an sich hinunter.

Erschrocken sah ich hinüber und musste gleich darauf lachen: Lea hatte ihn in hohem Bogen angepinkelt. »Und ich dachte, das können nur Jungs«, sagte ich lachend.

Auch Peter prustete nun amüsiert: »Lea, was ist das denn für ein Benehmen!« Er zupfte an seinem T-Shirt und schüttelte den Kopf: »Na, sieht so aus, als wäre Mama heute dran mit Kuscheln.« Nachdem wir die Kinder angezogen hatten, setzte ich mich also gemütlich in den Stuhl und Peter legte mir die Zwillinge auf die Brust. Tabea schmatzte ein bisschen und spuckte gleich darauf ein wenig Milch auf meine Bluse. »He, die halten schon zusammen«, beschwerte ich mich, »nun muss ich mich auch gleich umziehen.« So saß ich lange mit den beiden, während Peter schon zum Umziehen ins Zimmer gegangen war. Die Kinder schliefen langsam ein und ich versuchte diesen Moment des Glücks noch ein wenig festzuhalten.

Tabea und Lea waren unsere Töchter. Ganz besondere Kinder – ohne Zweifel. Aber sie gehörten zu uns und wir würden unser Bestes geben, damit es ihnen gut ging.

Drei Wochen nach der Geburt der Zwillinge begann der Montag mit der Erfolgsmeldung von zwei ausgetrunkenen Flaschen. »60 ml haben sie in der Nacht getrunken, Peter, alle beide! Um Mitternacht und noch mal um vier Uhr morgens. Vielleicht klappt es heute!« Hocherfreut nahm ich die Flasche für Tabea aus dem Warmhaltegerät. Peter griff nach Leas. »Gestern und vorgestern hätten sie es ja schon fast geschafft. Also los, Mädels: Frühstück!«

Tatsächlich hatten unsere Zwillinge anscheinend endlich das Trinken aus der Flasche gelernt und einen gesunden Babyappetit entwickelt. An diesem Tag und an allen folgenden tranken sie ihre Fläschchen ganz aus. Nun drängten wir darauf, endlich mit den Kindern nach Hause entlassen zu werden.

Nach einigen Abschlussuntersuchungen wurden die Papiere für unseren Kinderarzt in Lemgo zusammengestellt.

Einige Sorgen machte uns noch Leas Blutdruck. Sehr oft war er viel zu hoch. Aber sie bekam Medikamente dagegen und wir erhielten ein Blutdruckmessgerät, um die Werte der Kinder regelmäßig überprüfen zu können.

Endlich standen wir am Donnerstag mit allen Papieren und Rezepten für Medizin vor der Kliniktür. Fröhlich singend traten wir die Heimfahrt an.

»So, meine Süßen, da sind wir!«, ich schloss die Haustür auf, während Peter die Tragetasche mit den Mädchen abstellte. »Möchtest du sie über die Schwelle tragen?«, fragte er schelmisch und blinzelte mir zu. Wir waren glücklich. Ich war seit sieben Wochen nicht mehr hier gewesen – es erschien mir wie eine halbe Ewigkeit. Nach der Krankenhausluft empfing uns nun der vertraute häusliche Geruch. Ich nahm die Tasche und trug sie mit Schwung in die Wohnung. Peter ging voran und öffnete einladend die Schlafzimmertür: »Wenn ich den Damen ihre Suite zeigen darf!« Ich stellte die Tasche am Kinderbett ab und staunte: »Das ist aber wirklich schön geworden! Sieht ja super aus, genau die Farbe, die wir wollten.« Anscheinend hatte Peter den Farbtopf doch wieder aufgemacht und das Bett weißbraun gestrichen. Ich sah mich um. Noch vor zwei Monaten war ich gar nicht sicher gewesen, ob wir die Kinder in dieses Zimmer bringen würden.

Es war uns klar, dass die Zwillinge in wenigen Monaten zu groß für den normalen Wickeltisch und das Kinderbett sein würden. Aber in der Klinik hatte man uns gesagt, dass wir dann neue Möbel beantragen konnten. Ein Kindersitz für das Auto wurde bereits gebaut und sollte bald eintreffen.

Inzwischen stand auch ein kleiner Kleiderschrank bereit. Wir hatten nur wenig Kleidung gefunden, die die Kinder nicht über den Kopf ziehen mussten. Der Schrank hatte sich auch mit einigen wohl durchdachten Geschenken von Freunden, Verwandten und Kollegen gefüllt. Schlafanzüge, die man hinten knöpfen konnte, Strampelanzüge und selbst gestrickte Jäckchen waren bereits im Doppelpack zu finden. Wir freuten uns besonders über ihr Mitdenken. So zeigten sie uns auch durch Geschenke, dass sie die Kinder so annehmen wollten, wie sie nun einmal waren. Trotzdem würde ich einiges selbst nähen müssen, weil viele Sachen einfach noch zu groß waren.

Bald legten wir die Kinder in ihr erstes eigenes Bett. Sie schauten schläfrig herum, bis ihnen die Augen ganz zufielen.

Wir schlichen hinaus und machten es uns in der Küche gemütlich. Peter begann Tee vorzubereiten und ich schnitt den Kuchen auf, den meine Mutter uns gebracht hatte. »Zeit für eine kleine Begrüßungsfeier«, sagte ich und legte uns ein großes Stück auf den Teller. Als wir saßen und genüsslich kauten, begann Peter: »Nun sind wir also endlich daheim.« »Ich konnte es schon fast nicht mehr aushalten«, antwortete ich. »Morgen gehe ich erst einmal in die Gebetsstunde, ich habe die Gemeinde doch wirklich vermisst.« »Dr. Bruns will allerdings morgen kommen.« »Ach ja, dann müssen wir noch die genaue Uhrzeit klären. Ich wäre ja auch gern dabei. Hoffentlich ist er nett.« Wir waren froh, in Lemgo gleich einen Arzt gefunden zu haben, der sich vorstellen konnte, die Kinder trotz ihrer ungewöhnlichen Behinderung zu betreuen.

Eine Zeit lang tranken wir unseren Tee und aßen den Kuchen. Wir plauderten über dies und das, bis Peter plötzlich fragte: »Hast du nicht auch manchmal Angst, Nelly? Werden wir allein, ohne die Hilfe vom Krankenhaus, mit den Zwillingen klarkommen?« Ich legte die Gabel aus der Hand und rieb mir die Stirn. Der Gedanke bereitete mir tatsächlich Kopfschmerzen. »Ich weiß es nicht, ich hoffe es. Manchmal kommen mir die beiden so zerbrechlich vor und dann denke ich, dass ich sie nicht mehr lange allein versorgen kann. Sie werden größer und schwerer und werden sich bald viel mehr bewegen wollen. Was soll ich dann machen?« Kummervoll sah ich wieder den Berg von Verantwortung und ungelösten Problemen vor mir auftauchen. Peter rutschte mit seinem Stuhl herum und nahm mich in den Arm. »Wir wollten doch jeden Tag für sich sehen, Nelly, und uns nicht schon heute Sorgen um die nächste Woche machen«, erinnerte er mich liebevoll. Richtig, Selbstmitleid nützte nichts und führte nur zu trüben Gedanken. Ich wollte ja auf das Gute sehen und darauf vertrauen, dass Gott uns Schritt für Schritt weiterhelfen würde.

Ein leises Gejammer aus dem Kinderzimmer erklang. Das typische Babymeckern, kurz bevor sich die Winzlinge entschieden, nun doch mit lauter Stimme ihr Recht zu fordern. Ich sah auf die Uhr. »Wahrscheinlich haben sie Hunger, wir sollten die Fläschchen erwärmen.« »Das mache ich«, bot sich Peter an, »geh du schon mal zum Trösten.« Während ich die Kinder schaukelte und beruhigend auf sie einredete, dachte ich: »Wie gut, dass meine Schwester Maria ab Montag kommt, um mir mit den Kindern zu helfen. Das wird die Sache erleichtern und ich bin nicht den ganzen Tag hier allein.«

• 10. Zu Hause •

• Am Samstag um 11.00 Uhr kam Dr. Bruns, unser Kinderarzt. Er untersuchte die Mädchen gründlich. Dann schrieb er uns ein Rezept zum Ausleihen einer Babywaage. »Es ist wichtig, das Gewicht von frühgeborenen Kindern regelmäßig zu kontrollieren«, erklärte er uns. Er bat uns, in der nächsten Woche zum Ultraschall in seine Praxis zu kommen. »Dort kann ich vor Ort die Hüften der Mädchen untersuchen«, meinte er. »Ich werde am Samstagvormittag für Sie öffnen, so müssen Sie nicht mit den Zwillingen im Wartezimmer sitzen.« Als er sich schließlich verabschiedet hatte, fragte Peter mich: »Na, was meinst du zu unserem neuen Arzt?« »Ich bin mal gespannt, wie er unsere Kinder behandeln wird, aber erst einmal habe ich einen guten Eindruck.« »Ich auch«, pflichtete Peter mir bei, »wie nett, dass er daran gedacht hat, dass wir nicht im Wartezimmer angestarrt werden möchten.«

Am selben Nachmittag ging ich zur Gebetsstunde. Bereits an der Tür wurde ich freudig von den Freunden aus der Gemeinde begrüßt. Ich wollte aber nicht allen einzeln erzählen, wie es uns ging, sondern wartete darauf, dass ich während der gemeinsamen Gebetszeit berichten konnte. Später war immer noch Zeit genug, um Einzelheiten zu besprechen. Also setzte ich mich zu Ella in die Bank, mit der ich mich verabredet hatte. Sie umarmte mich: »Endlich bist du wieder da! Ich konnte es schon nicht mehr abwarten. Wie war die erste Nacht daheim?« »Kein Problem, sie haben geschlafen wie Engelchen. Fünf Stunden am Stück, stell dir vor! Dann haben sie getrunken und wieder vier Stunden geschlafen.« Ella meinte neidisch: »Das wünsche ich mir auch mal, ich habe sicher zwei Jahre keine Nacht mehr durchgeschlafen!«

»Na ja, da haben wir ja richtig Glück mit unseren Kindern«, erwiderte ich schmunzelnd.

Wir konnten uns nicht mehr lange unterhalten, denn der Gottesdienst begann. Der Gemeindeleiter begrüßte uns und schon stimmte der Chor ein Lied an. »Bist zu uns wie ein Vater, der sein Kind nie vergisst, der trotz all seiner Größe immer ansprechbar ist ...«

Ich genoss die Melodie und schloss für einen Moment meine Augen. Wie bei fast jeder Gemeindeversammlung füllten die Stimmen den Kirchenraum mit dem Lob Gottes. Schon oft hatte ich sie gehört, wenn mir selber nicht zum Loben und Danken zu Mute gewesen war. »Das ist das Geschenk meiner Gemeinde an mich«, dachte ich, »diese Menschen helfen mir in Gottes Nähe zu bleiben, wenn ich am liebsten weglaufen möchte. Sie beten für mich, wenn ich keine Worte habe und versichern mir, dass Gott immer noch da ist.«

Wie sehr hatte ich den Chor vermisst. Nun war ich endlich wieder zu Hause.

Nach einigen Liedern und einer kurzen Andacht über einen Bibeltext war Gelegenheit, Gebetsanliegen zu nennen. Man konnte aufstehen und den anderen kurz mitteilen, worum man Gott bitten wollte oder welchen Grund es zum Danken gab. Ich erhob mich und sprach, so laut ich konnte: »Tabea und Lea sind am 9. August geboren worden. Sie sind am Oberkopf zusammengewachsen, wie die Ärzte vorher schon gesagt hatten. Mittlerweile können sie alleine trinken und sind ansonsten auch ganz gesund. Wir danken euch für eure Gebete. Wir würden uns freuen, wenn ihr auch weiter für uns und unsere Kinder betet.«

Nun beteten einige Gemeindemitglieder laut für uns und die Kinder, andere murmelten leise. Ich freute mich über die ehrliche Anteilnahme und die Zusagen, uns auch weiterhin nicht zu vergessen. Es war gut zu wissen, dass die Gemeinde für uns da war und uns helfen würde, den Glauben nicht zu verlieren.

Am Ende der Versammlung sprach ich nur kurz mit einigen Freunden und Bekannten, denn Peter war mit den Zwillingen allein zu Hause. Bald würden sie nach der nächsten Mahlzeit verlangen und ich müsste daheim sein.

Peter fuhr nun wieder jeden Morgen zur Arbeit und war am Nachmittag gegen 16.00 Uhr zu Hause.

Ab Montag kam meine Schwester Maria, um mir mit den Mädchen zu helfen. Sie hatte gerade ein einjähriges Praktikum in einer Kinderklinik gemacht und große Freude an den Babys. Meistens klingelte sie gegen 8.00 Uhr am Vormittag und frühstückte noch mit mir. Dann versorgten wir gemeinsam die Kinder und der Tag nahm seinen Lauf.

Maria half mir, die beiden auf den Wickeltisch zu tragen und tröstete sie schon einmal, während ich noch die Milch abpumpte. Wir fütterten die Zwillinge gemeinsam und legten sie dann wieder schlafen.

Bereits in der Klinik hatten die Schwestern und Ärzte mit einem besonderen »Lagerungsplan« für Tabea und Lea begonnen. Als sie geboren worden waren, lagen die kleinen Babykörper in V-Form nebeneinander. Die Köpfe sahen aus wie die Spitze am unteren Ende des Buchstabens, dort waren sie auch miteinander verwachsen. Die Körper waren leicht voneinander abgewinkelt wie die Schenkel des Vs.

Weil die Köpfe aber an der Schädeldecke verbunden waren, mussten beide Kinder ihren Hals ständig schief halten. Ein spezieller Lagerungsplan sollte den beiden nach und nach dabei helfen, diese Position zu verlassen und lang ausgestreckt mit geradem Hals hintereinander zu liegen.

Wenn die Kinder auf dem Rücken lagen, nahm meine Schwester die Mädchen vorsichtig hoch, indem sie beide Arme unter den Körper und die Köpfe der Zwillinge legte. Sie setzte sich hin und ich stützte die Köpfchen der Kinder und legte sie sanft auf Marias Brust. In dieser Bauchlage angekommen, konnte ich nun Tabea und Lea wieder hochnehmen und so zurück ins Bettchen legen. Umgekehrt ging es genauso: Einer nahm die Kinder aus der Bauchlage hoch und legte sie sich auf die Brust. Damit lagen die beiden wieder auf dem Rücken und der andere konnte sie hochnehmen und so in das Bett zurückbringen.

Diese Prozedur vollzogen wir mehrmals am Tag. Ich nutzte die Gelegenheit oft aus, um lange mit den Mädchen zu kuscheln und zu schmusen, wenn sie auf meinem Bauch lagen. Kam Peter am späten Nachmittag nach Hause, machte er es ebenso. Manchmal legten die drei sogar ein Nickerchen zusammen ein.

Eines Tages hatten Maria und ich die Kinder auf den Bauch gedreht. So hielten sie gerade ihren Mittagsschlaf. Gegen halb fünf würden sie aufwachen und ihre Flasche trinken. Um vier machte sich Maria bereit zum Gehen: »Ich bin dann weg, Nelly, o.k.?«, sagte sie, während sie ihre Jacke anzog. »Kein Problem, Peter hat jetzt Feierabend und wird in spätestens einer Viertelstunde da sein. Danke für deine Hilfe!« Ich blickte von der Nähmaschine hoch, an der ich gerade zwei neue Jäckchen für Tabea und Lea fertig stellte. Maria zog die Wohnungstür hinter sich zu. Keine zehn

Minuten später hörte ich das erste Jammern aus dem Bettchen der Zwillinge. »Ja, hallo, wer ist da denn schon aufgewacht?«, fragte ich fröhlich und die Kinder lauschten anscheinend meiner Stimme. In Wirklichkeit war mir gar nicht fröhlich zu Mute. Ob die beiden schon Hunger hatten? Unruhig sah ich zur Uhr. Erst Viertel nach vier. Es konnte kein Hunger sein. Als ich jedoch ins Schlafzimmer kam, wurden die Stimmen immer lauter. Wie sollte ich sie aber allein auf den Rücken drehen? Ich konnte sie unmöglich in der Bauchlage füttern. Nun machte ich mir große Sorgen. Warum kam Peter bloß nicht? Ich sang ein Kinderlied, während ich das Telefon holte und unruhig auf und ab ging. Mal hören, wo Peter blieb. »Tut mir Leid, Nelly, ich bin auf der Baustelle und komme frühestens in einer Stunde nach Hause«, entschuldigte sich mein Mann. Ich legte auf und streichelte die Rücken unserer Mädchen. Sie quengelten nun schon unwilliger herum. Anscheinend wollten sie jetzt nicht mehr so liegen und doch schon bald ihre Milch trinken. Ob sie auch noch genug Luft bekamen? Wenn sie jetzt anfingen zu schreien, würde das Atmen in der Bauchlage sicher nicht mehr so einfach sein. Blitzschnell überlegte ich, wer mir helfen könnte. Dann wählte ich die Nummer meiner Schwiegereltern und bat Peters Mutter, so schnell wie nur möglich zu kommen. Sie fuhr in Windeseile durch die Stadt. In der Zwischenzeit sang ich weiter und schaukelte die Kinder ein bisschen hin und her. Sie ließen sich immer wieder trösten, aber in diesen Minuten wurde mir klar, dass ich die Versorgung der Zwillinge nicht lange allein schaffen würde, wenn Maria im Oktober nicht mehr kommen könnte. Sie würde eine Ausbildung zur Krankenschwester beginnen und hatte dann regelmäßige Dienstzeiten. Wir hatten uns überlegt, vielleicht eine Haushaltshilfe einzustellen, die Krankenkasse würde sich wegen der Behinderung der Kinder an den Kosten beteiligen. So hätte ich wenigstens ein paar Stunden am Tag jemanden an meiner Seite.

Die Situation, in der ich mich nun befand, machte mir aber klar, dass das so nicht gehen würde. Ich brauchte nicht ein paar Stunden am Tag eine Hilfe, sondern immer wieder mal zwischendurch. Wir mussten eine andere Möglichkeit finden.

Meine Schwiegermutter hatte den Weg durch die Stadt in der Rekordzeit von zehn Minuten geschafft und ich war sehr dankbar, als ich ihr die Tür öffnete. Schnell hatten wir die Mädchen gemeinsam auf den Rücken gedreht. Nun ging es den beiden wieder besser. Sie gluckten fröhlich und guckten zufrieden herum. Seufzend stellte ich die Milchflaschen in die Warmhaltegeräte. Bald forderten Tabea und Lea dann doch deutlich ihre

Nachmittagsmahlzeit. Peters Mutter kam in die Küche. »Wir haben ja schon einmal darüber gesprochen, Nelly«, begann sie, während sie mit den Kindern auf und ab ging. »Ihr könnt gerne im Oktober zu uns ziehen. Wir räumen Peters altes Zimmer für euch leer und oben ist auch noch ein Raum, den ihr nutzen könnt. Ich muss doch nicht mehr arbeiten und kann dir gerne bei der Versorgung der Mädchen helfen.« Müde setzte ich mich hin und schaukelte die Fläschchen im Wärmer hin und her. Ein ähnliches Angebot hatten uns auch schon meine Eltern gemacht. Aber bei Blocks war noch etwas mehr Platz und meine Schwiegermutter hatte tatsächlich den ganzen Tag Zeit, um mir spontan zu helfen, wenn es nötig war.

• 11. Freude und Schmerz •

• Am 3. Oktober zogen wir zu Peters Eltern. Innerhalb eines Tages hatten wir alle Sachen aus unserer Wohnung verpackt und in das Industriegebiet unserer Stadt transportiert, wo Peters Eltern ein Haus gleich neben ihrer Firma haben. Ich hatte die Zwillinge am Nachmittag in den Kinderwagen gepackt und war mit ihnen zu unserer neuen Wohnung spaziert. Als wir ankamen, schaute ich mich auf der Straße um. Hier waren nur selten Fußgänger unterwegs, die nächsten Nachbarn wohnten weiter entfernt. Die Chancen standen sehr gut, die Mädchen auch einmal im Wagen auf die Terrasse stellen zu können, ohne dass sie entdeckt würden.

Nun legte ich die Kinder erst einmal im Wohnzimmer hin und wendete mich den vielen Kartons zu. In Peters altem Zimmer war nicht viel Platz. Wir hatten nur wenige Dinge ausgesucht, die hier ausgepackt werden sollten. Die meisten Kartons hatten wir genau beschriftet, damit sie im Keller lagern konnten, bis wir die Sachen wieder brauchten. Wann das wohl sein würde? Erst einmal war es gut, dass wir hier waren und jeden Tag Hilfe bekamen. Da Peter direkt nebenan in der Firma seines Vaters arbeitete, könnte er uns sogar in der kurzen Frühstücks- und Kaffeepause ab und zu besuchen.

Nach und nach richteten wir uns ein. Im unteren Zimmer würden wir schlafen. Oben hatten wir noch einen Raum mit einem Arbeitstisch und dem Computer. Ansonsten konnten wir alle Räumlichkeiten je nach Bedarf nutzen. Als wir am Abend gemeinsam am Tisch saßen, sprach Peters Vater ein Dankgebet. Der Umzug war schnell und gut verlaufen. Nun konnte die neue Zeit in Blocks Haus beginnen.

Wir gewöhnten uns schnell ein und genossen bald die Vorteile einer großen Haus- und Familiengemeinschaft. Meine Schwiegermutter hatte in ihrer freundlichen und hilfsbereiten Art schnell herausgefunden, wann ich sie brauchte und wie sie mir am besten zur Hand gehen konnte. Wir lagerten die Zwillinge gemeinsam nach dem Plan der Klinik. Während der Mahlzeiten der Kinder kam sie herbei, um eine der beiden zu füttern.

Manchmal verpackte ich Tabea und Lea von Kopf bis Fuß in Decken und schob den Kinderwagen durch die Straßen. Ich achtete gut darauf, dass niemand einen Blick in den Wagen werfen konnte. Zum Glück fiel diese Sicherheitsmaßnahme nicht weiter auf, denn es wurde langsam sehr kalt draußen. Bisher war es uns gut gelungen, unsere »besonderen Zwillinge« zu verstecken. Die Ärzte in Münster hatten unserem Wunsch gemäß nichts von unserem Wohnort verlauten lassen und auch die Verwandten und Freunde aus der Gemeinde sprachen nicht in der Öffentlichkeit über unsere Kinder. Erst im Mai hatte ein Ärzteteam versucht, die iranischen Zwillinge Ladan und Laleh in einer spektakulären Operation zu trennen. Die Bilder waren durch die Medien gegangen und die ganze Welt hatte Anteil an ihrem Tod genommen. Im September wurde dann ein siamesisches Zwillingspaar aus Ägypten getrennt. Die Jungen waren auch an den Köpfen zusammengewachsen und beide hatten die Operation überlebt.

Ich konnte mir kaum ausmalen, was passieren würde, wenn man Tabea und Lea hier in Lemgo entdecken würde. Sicher würden sich alle auf sie stürzen und sensationslüstern fotografieren. Man würde uns bedauern und befragen – wir hätten keine ruhige Minute mehr. Darauf konnten wir wirklich verzichten.

Der Winter kam und unsere Kinder wuchsen nun immer schneller. Schon im Dezember konnte ich sie nicht mehr im Zwillingskinderwagen lagern, weil die Lage in enger V-Form immer unbequemer für sie wurde. Seit Oktober lagen die Kinder bereits in einer Linie auf dem Bett – der Lagerungsplan hatte den gewünschten Erfolg gebracht.

Die große Wäschewanne, die wir zum Baden gekauft hatten, reichte nun nicht mehr aus. Deshalb verschrieb Dr. Bruns uns eine Spezialanfertigung. »Nein, das geht wirklich nicht mehr lange gut«, meinte er, als er unsere »Badewanne« begutachtete.

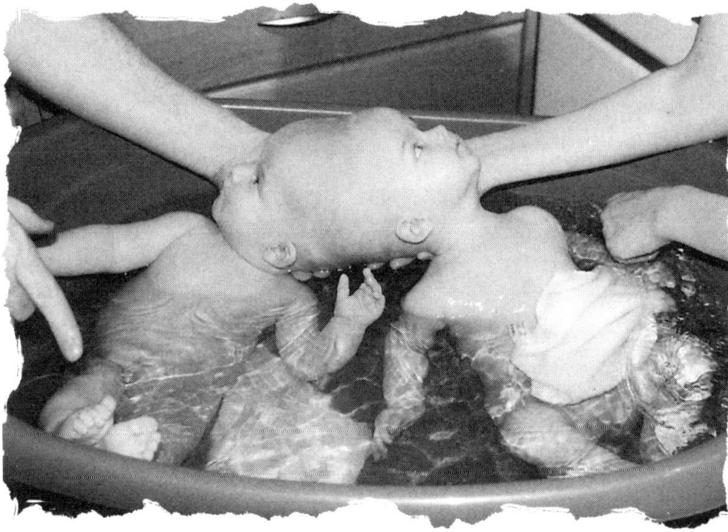

➤ Tabea und Lea beim Baden, bevor wir die große Badewanne bekommen haben

»Sie sollten auch daran denken, nun das Bett zu beantragen, zu dem ich Ihnen geraten habe. Tabea und Lea werden von ihrer Größe her zwar noch lange in das Kinderbett hineinpassen, aber es wird für Sie als Eltern immer unbequemer, sie da herauszunehmen. Die beiden könnten auf dem Spezialbett auch gewickelt werden und zum Schlafen können Sie das Gitter hochfahren, damit sie nicht herausfallen, wenn sie sich umdrehen. Die beiden werden jetzt immer aktiver.«

Damit hatte er Recht. Unsere Zwillinge waren nun immer wacher und aufmerksamer. Wir hatten bereits einen Kinderwagen beantragt, der speziell für die beiden maßgefertigt wurde, damit wir sie in der Wohnung herumfahren konnten.

Regelmäßig telefonierten wir nun mit unserer Krankenkasse, der BKK Melitta Plus. Die Angestellten dort waren freundlich und hilfsbereit und bald kannten die Sachbearbeiter unseren Fall. Manchmal fragten sie nach und bedankten sich herzlich, als wir ein Foto der beiden zu ihnen schickten. Nun konnten sie sich besser vorstellen, warum ein Spezialkinderwagen und eine zwei Meter lange Badewanne notwendig waren. Ohne Probleme genehmigten sie die Sonderanfertigungen und erleichterten uns damit das Leben erheblich.

An einem Adventssonntag besuchten uns meine Eltern. Wir tranken Kaffee und beobachteten Tabea und Lea, die mit ihren kleinen Händchen in der Luft herumruderten. Gerade hatten sie getrunken und waren nun satt und zufrieden.

Während der ersten Monate zu Hause hatten wir das Leben mit unseren Kindern einfach nur genossen. Am Anfang war es nicht leicht, den richtigen Umgang mit ihnen zu erlernen, aber später war uns jeder Handgriff vertraut. Trotz ihrer Behinderung waren die Mädchen ansonsten ja ganz gesund. Wenn sie, so wie jetzt, zufrieden schnaufend in ihrem Bettchen lagen, konnte ich mich gar nicht satt sehen an ihren kleinen Gesichtern. Immer öfter waren sie nun wach und schauten interessiert im Zimmer herum. »Wisst ihr, was gestern Nachmittag hier los war?«, erzählte ich meinen Eltern. »Lea hatte anscheinend Bauchschmerzen oder ich weiß nicht was. Jedenfalls schrie sie ein paar Minuten nach dem Trinken wie am Spieß. Sie wollte gar nicht wieder aufhören zu brüllen.« »Au weia«, stöhnte meine Mutter, »und was hat die arme Tabea in der Zwischenzeit gemacht? Bestimmt aus Sympathie mitgeschrien, oder?« »Das ist es ja gerade«, berichtete ich weiter, »das hat sie eben nicht gemacht. Sie lag seelenruhig im Bettchen und schlief schließlich sogar ein.« »Und das, obwohl ihre Schwester so laut gebrüllt hat?« Das konnte mein Vater kaum glauben. Ich bestätigte es noch einmal: »Wenn ich es doch sage, ganz bestimmt!«

Meine Mutter ging nun zum Bett der Zwillinge und schaute sie lächelnd an. »Ihr seid aber auch zwei ganz besondere Mädels, Tabea und Lea!«

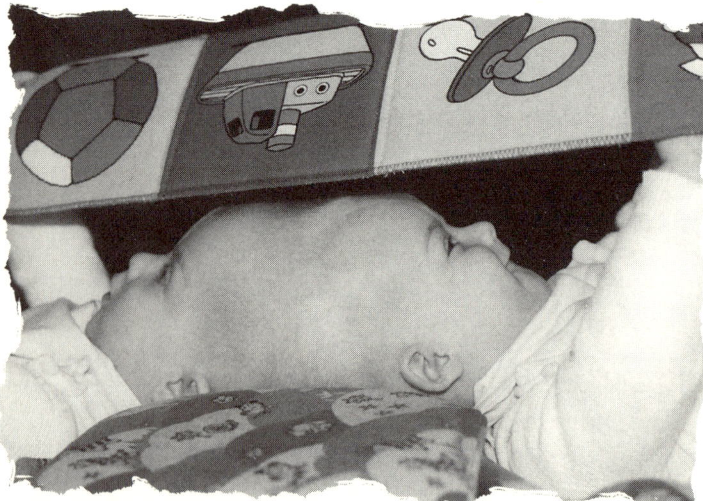

▸ Lea und Tabea beim »Studieren« ihres Buches

Dann wandte sie sich zu mir und Peter. »Habt ihr nun schon etwas über eine mögliche Trennungsoperation herausgefunden?« Peter stellte seine Kaffeetasse ab. »Einiges haben wir erfahren«, antwortete er, »aber wir haben uns noch nicht ernsthaft damit auseinander gesetzt.« Jetzt schüttelte mein Vater den Kopf: »Aber Kinder, das ist doch unvernünftig. Ihr solltet so viel wie möglich in Erfahrung bringen, damit ihr bald eine Entscheidung treffen könnt.« Ich seufzte und suchte mit der Gabel die Rosinen aus dem Kuchenstück. Wieso hatte ich bloß die vorgegebene Menge des Rezepts hineingebacken? Ich wusste ja gleich, dass es zu viele waren. Auch Peter schwieg, während ich Rosine für Rosine am Tellerrand aufstapelte. Mein Vater wurde nun deutlicher: »Es ist doch wichtig, den richtigen Zeitpunkt für eine Trennung nicht zu verpassen!« Der Rosinenstapel kippte um und ich seufzte noch einmal. »Ihr habt ja Recht«, antwortete ich schließlich, »aber schaut sie euch doch an: Tabea und Lea sind kerngesund und fröhliche Babys. Wenn wir eine Trennungsoperation vornehmen lassen, sind sie das vielleicht nicht mehr.«

Nun redete Peter weiter: »Es ist zwar anstrengend und wir brauchen immer Hilfe, aber im Grunde genießen wir das Leben mit unseren glücklichen Kindern. Es ist so schön zu erleben, wie sie immer mehr von der Welt mitkriegen und wie unterschiedlich sie sind.«

Meine Mutter setzte sich wieder zurück an den Kaffeetisch, und eine Weile schwiegen wir. Ich aß meinen Kuchen auf und Peter stibitzte sich nach und nach die übrigen Rosinen von meinem Teller.

Ein wenig später erzählte er meinen Eltern von unseren Überlegungen. »Trotzdem können wir unsere Augen nicht mehr vor den wachsenden Problemen verschließen, das ist schon wahr. Die neue Badewanne können wir kaum verstauen und bald wird das große Bett für die Kinder geliefert. Der Spezialkinderwagen und der riesige Autositz – Nelly und ich haben schon gescherzt, dass wir bald ein neues Haus bauen müssen. Nur so können wir alle Sachen unterbringen, die unsere besonderen Kinder brauchen.«

Ich hatte das Muster des Tellers nun schon zum zwanzigsten Mal mit der Gabel nachgemalt und legte sie endlich aus der Hand. »Am liebsten würde ich gar keine Entscheidung treffen, aber ich sehe ja ein, dass wir den Kindern und uns das nicht mehr lange zumuten können. Wenn sie älter werden, kann Peter bald ganz mit dem Arbeiten aufhören und muss mir bei der Pflege helfen.«

Nun ergriff Peter wieder das Wort: »Dr. Bruns hat schon sehr viel herausgefunden, aber bisher wollten wir uns noch nicht richtig damit beschäftigen. Wir haben noch zu große Angst vor den Folgen einer Operation.«

Ich schaute hinüber zum Bett der Mädchen. Ein Kloß hatte sich in meinem Hals gebildet. »Warum auch gesunde Kinder operieren lassen? Vielleicht sind sie danach behindert. Sie könnten auch sterben.«

Meine Mutter schaute mir ernst in die Augen. Sie ergriff meine Hand und sagte leise: »Ich verstehe das, Nelly. Aber sie sind nicht ganz gesund, schau sie doch an! Ihre Köpfe sind miteinander verwachsen und bald wird diese Behinderung ihnen das Leben fast unmöglich machen.«

Der Kloß in meinem Hals löste sich und ich begann zu weinen. Peter rutschte herum und nahm mich in den Arm. Seine Stimme klang ganz heiser, als er mitteilte: »Das meinen wir auch und deshalb werden im Januar weitere ausführliche Untersuchungen gemacht. Wir wissen bereits, dass der beste Zeitpunkt für eine Trennung da ist, wenn die Zwillinge ungefähr ein Jahr alt sind. Dann ist das Herz-Kreislauf-System stabil und die Gefahr des Verblutens ist nicht so hoch wie früher.«

Meine Mutter nickte. »Es tut mir Leid, wenn ich dir mit meinen Worten wehgetan habe, Nellitschka. Ihr wisst ja, wie sehr wir die Mädchen und wie sehr wir euch lieben. Wir möchten euch nur helfen, entschuldigt bitte.« Ich lächelte sie dankbar an und putzte meine Nase: »Schon in Ordnung, Mama. Manchmal habe ich nur solche Angst, dann halte ich es fast nicht mehr aus.« Mein Vater räusperte sich: »Wir auch, Nelly, ganz bestimmt. Aber wir beten weiter für die Kinder, ich glaube nicht, dass ich jemals so viel für jemand anderen gebetet habe. Gott wird uns den Weg zeigen und euch nicht im Stich lassen.«

· 12. Eine schwere Entscheidung ·

· Es war Februar und die Wintersonne schickte ihre Strahlen durch die Wohnzimmerfenster. Tabea und Lea lagen glücklich brabbelnd auf dem Boden und reckten ihre Händchen nach den Sonnenstrahlen. Ihre Köpfe wurden durch ein Kissen gestützt, das ihnen das Liegen erleichterte. Sie strampelten munter mit den Beinen und Lea tobte dabei manchmal so wild, dass Tabea unwillig zu murren begann. »Na, das gefällt dir wohl nicht, kleiner Bär?«, fragte ich sie und gab den Mädchen jeweils einen Stoffwürfel in die Hand. Zu Lea gewandt meinte ich: »Nun sei mal nicht so stürmisch, das mag deine Schwester nicht!« Zufrieden betrachteten die beiden nun den Stoffwürfel und drehten ihn dabei in den Händen herum.

Ich setzte mich wieder auf das Sofa. Peter legte das Buch aus den Händen, in dem er geblättert hatte. »Dr. Carson ist wirklich ein ganz besonderer Arzt, Nelly«, sagte er dabei. Ich nahm das Buch und erinnerte mich an die Geschichte, die Dr. Carson darin erzählt.[4] Mein Mann fuhr fort: »Er ist mit Gottes Hilfe zu einem der besten Neurochirurgen der Welt geworden. In seinem Buch kommt er immer wieder auf seinen Glauben zu sprechen. Er ist sicher der Richtige für uns.«

Peter hatte ja Recht, es war nun wirklich an der Zeit, eine Entscheidung zu treffen und weitere Schritte zu unternehmen. Ich beobachtete die Zwillinge. Sie hatten die Stoffwürfel schon wieder weggeworfen und suchten nun nach neuer Beschäftigung. Tabea drehte ihre Händchen vor den Augen hin und her und Lea hatte einen Plastiklöffel neben sich gefunden, den sie nun in den Mund stopfte und darauf herumkaute. Die beiden waren den ganzen Winter gesund gewesen. Regelmäßig hatte ich Muttermilch abgepumpt und den Mädchen sechs Monate lang keine andere Nahrung zugefüttert. Sie waren nun kräftige Babys geworden, die immer aktiver wurden. Peter stand auf und brachte den beiden die Trapeze, an denen verschiedene Spielzeuge befestigt waren. Er nahm Lea den Löffel weg, denn sie hatte ihn sich mittlerweile so weit in den Hals geschoben, dass sie zu husten begann. Ich seufzte: »Aber viele Ärzte waren bisher der Meinung, dass eine Trennung unmöglich sei. Wie können wir eine Entscheidung treffen?« Peter setzte sich wieder zu mir und legte den Arm um mich. »Dr. Bruns hat bereits alle Untersuchungsergebnisse nach Amerika zu Dr. Carson geschickt. Er hatte doch schon kurz nach der Geburt der Zwillinge gesagt, dass eine Trennung möglich ist. Nun werden wir bald die endgültigen Ergebnisse erfahren.« Erstaunt sah ich ihn an: »Hast du mit Dr. Bruns darüber gesprochen?« »Ja, gestern Morgen hat er angerufen«, antwortete er, »du warst gerade beim Einkaufen.« Unser erster Eindruck des Kinderarztes aus Lemgo hatte sich in den letzten Monaten mehr als bestätigt. Dr. Bruns setzte sich außergewöhnlich für uns ein. Er hatte alles über siamesische Zwillinge herausgefunden, was man nur wissen konnte. Ganz genau hatte er für uns aufgeschrieben, wann welche Trennungsoperation war. Wir wussten mittlerweile, wie alt die anderen Zwillinge bei der Operation gewesen und wie diese ausgegangen waren. Unser Kinderarzt beriet uns umfassend und scheute keine Mühen, um Kontakte herzustellen.

In den letzten Wochen kristallisierte sich nach vielen ausführlichen Untersuchungen immer mehr heraus, dass die Johns-Hopkins-Kinderklinik in Baltimore mit Dr. Carson für unsere Kinder die beste Wahl sein würde.

Viele E-Mails gingen hin und her, Dr. Bruns saß oft noch bis spät in der Nacht vor seinem PC und mailte uns neueste Meinungen und Ergebnisse der Untersuchungen. Mittlerweile wussten wir, dass die Operation auf jeden Fall in den USA durchgeführt werden würde. Unser Kinderarzt hatte sich um Kontakte in Dallas, Baltimore und New York bemüht, in deren Unikliniken ähnliche OPs vorgenommen worden waren. Dr. Carson aus Baltimore hatte ihm gleich zurückgeschrieben und war seit langem mit der Entwicklung unserer Zwillinge vertraut.

»Was hat Dr. Bruns denn noch gesagt?«, neugierig sah ich Peter an. »Er rät uns dazu, uns bald für eine Operation bei Dr. Carson zu entscheiden. Sein Eindruck von ihm ist sehr positiv. Wir sollten ihn ganz konkret fragen, ob er die Kinder operieren würde und ob die Chancen tatsächlich so gut sind, wie er bisher angenommen hat.« Das war genau das, was wir seit ein paar Wochen auf uns zukommen sahen. »Das haben wir uns ja auch schon gedacht«, ergänzte ich deshalb. »Aber es werden neue Untersuchungen direkt in Amerika nötig sein, nicht wahr?« »Ich fürchte ja«, bestätigte er.

Ich setzte mich mit Peter auf den Boden zu unseren Kindern und wir spielten eine Weile mit ihnen. Wir versteckten die Spielzeuge vor ihren Augen und holten sie schnell wieder hinter dem Rücken hervor. Tabea und Lea jauchzten begeistert. Zwischendurch blinzelten sie und fassten an ihre Augen, denn die Sonne blendete sie nun immer mehr. Ich setzte mich so, dass mein Schatten auf ihre Gesichter fiel. Nun wurde mein Rücken von den Strahlen gewärmt und ich bekam Lust, nach draußen zu gehen. »Wir sollten den neuen Unterbau für den Kinderwagen ausprobieren und ein wenig spazieren gehen«, schlug ich vor. Skeptisch blickte Peter hinaus. »Ich weiß nicht, ist es nicht zu kalt? Außerdem werden Leute unterwegs sein.« Heute war mir das egal und zuversichtlich meinte ich: »Ach was, es ist Sonntag, hier ist doch kaum jemand unterwegs. Immer nur in der Wohnung, das ist doch auch kein Leben!«

Wir hievten die Zwillinge also gemeinsam in den Kinderwagen. Es war ein langes Gefährt, in dem die Köpfe der beiden gut gestützt wurden. Sie konnten bequem darin liegen und gut sehen, was um sie herum passierte. Bisher hatten wir nur Räder dafür gehabt, mit denen wir sie in der Wohnung hin und her schieben konnten. Jetzt aber konnten wir durch ein neues Untergestell auch draußen herumfahren.

Peter packte Lea in warme Sachen und ich zog Tabea an. Zum Schluss banden wir ihnen die Mütze um, die meine Schwiegermutter in liebevoller

Maßarbeit für die beiden aus weichem Fließstoff genäht hatte. Nun holten wir unsere Winterjacken und verließen die Wohnung über die Terrasse.

Wie erwartet, war die Straße ganz leer. Hier im Industriegebiet hielten sich eigentlich nur in der Arbeitswoche Menschen auf. Trotzdem schaute sich Peter wachsam um und sagte: »Wir werden die beiden nicht mehr lange verstecken können, Nelly. Wenn wir tatsächlich in die USA fliegen, werden viele Menschen unsere Zwillinge sehen und sie werden überall einen Menschenauflauf verursachen, wo wir hinkommen.« Ich stimmte ihm resigniert zu: »Ich fürchte, du hast Recht. Meine Kollegin Irmgard hat das auch schon gesagt. Sie kennt da jemanden, der Kontakt zu einem Medienberater hat. Vielleicht sollten wir gemeinsam mit ihm überlegen, wie wir uns da am besten verhalten.«

Wir spazierten in der Sonne und Tabea und Lea genossen sichtlich den neuen und interessanten Ausblick. Ich beobachtete sie glücklich. Es machte Spaß, ihnen die Welt zu zeigen, auch wenn es zunächst nur ein paar Straßen in der Nähe unserer Wohnung waren. Eigentlich hätten wir heute ganz zufrieden sein müssen und den Spaziergang genießen können, aber die Gedanken an die Zukunft belasteten uns doch. Auf einmal begann Peter wieder das Gespräch: »Wir haben ein paar Ersparnisse Nelly, aber das ist nicht die Welt.« Sofort wusste ich, was er meinte: »Wie sollten wir das alles bezahlen?« Peter fuhr fort: »Vielleicht können wir uns noch den Flug hin und zurück nach Baltimore leisten, aber wie sollen wir alles andere finanzieren?«

Bisher war unsere Krankenkasse sehr entgegenkommend gewesen. Wir konnten uns allerdings nicht vorstellen, welche Summen so eine komplizierte Operation verschlingen würde. Andererseits würden auch in Zukunft immer neue Hilfsmittel nötig sein und extra für die Zwillinge angefertigt werden müssen. Auch das war nicht billig. Wie lange konnten wir uns auf unser Gesundheitssystem verlassen? Woher sollten wir das Geld nehmen? Aber Peter hatte sich noch viel mehr Gedanken gemacht: »Die Untersuchungen und eine mögliche Operation werden auch sehr lange dauern, bestimmt viele Monate. Ich will natürlich gerne dabei sein, aber so viel Urlaub habe ich in diesem Jahr gar nicht.« Mir wurde das Herz schwer. Das hatte ich mir noch gar nicht richtig überlegt. Auf keinen Fall konnte ich ohne meinen Mann nach Amerika fliegen und alles allein durchstehen. »Wir sprechen mit meinem Vater, ob er da eine Möglichkeit sieht. Vielleicht kann ich unbezahlten Urlaub bekommen. Aber eigentlich werde ich ja in der Firma gebraucht.«

Inzwischen hatten sich dicke Wolken vor die Sonne geschoben, doch wir waren bereits auf dem Heimweg. Ich fröstelte. Kurz vor der Haustür hielt ich noch an und fasste Peters Arm. »Wir werden ganz aufmerksam sein müssen, um Gottes Wegweisung bei all den Entscheidungen nicht aus den Augen zu verlieren. Wir können das niemals alleine schaffen, Peter.« Er schloss mich in seine Arme. »Nein, Nelly. Aber das müssen wir ja auch nicht. Wir haben uns bereits vor einem Jahr entschlossen, Gott zu vertrauen und uns auf ihn zu verlassen. Dann wurden die Zwillinge geboren und haben uns so viel Freude bereitet. Gott wird auch weiterhin für unsere Familie da sein, ich bin ganz sicher.«

Erleichtert lehnte ich mich an seine Schulter und merkte, wie seine Worte mich stärkten. Einer von uns beiden konnte immer noch glauben und hoffen, wenn der andere gerade keine Zukunft mehr sah.

Tabea begann unwillig zu jammern. »Essenszeit!«, verkündete ich und löste mich aus Peters Armen. »Na los, Papa, keine Müdigkeit vortäuschen, sonst gibt es hier gleich ein Konzert erster Güte!«

• 13. Medienrummel •

• Peter kam von der Haustür zurück und half mir beim Tischabräumen. Eben hatte er den Medienberater verabschiedet, der den ganzen Nachmittag bei uns gewesen war. »Lass uns den Rest später machen«, sagte Peter und setzte sich aufs Sofa. »Müssen wir nicht die Mädels holen?«, fragte ich und wollte schon aufstehen. »Aber nein!« Sanft zog Peter mich an sich, »sie sind bei meiner Mutter in der Küche noch ganz glücklich. Sag mir lieber, was du zu den Neuigkeiten des Tages meinst.« Ich lehnte mich im Sofa zurück. »Ich muss all das Neue erst einmal verarbeiten«, antwortete ich. Mein Mann stimmte mir zu: »So geht es mir auch. Ein Medienvertrag mit dem Stern – stell dir das vor. Eigentlich wollten wir doch genau diesen Rummel um unsere Kinder vermeiden.« Bedrückt nickte ich. »Was da wohl alles auf uns zukommen wird?«

Der Medienberater Herr Röhl hatte uns verschiedene Möglichkeiten aufgezeigt, mit der Öffentlichkeit umzugehen. Nachdem er Tabea und Lea gesehen hatte, fragte er: »Wie haben Sie es bloß geschafft, die Kinder bis jetzt zu verstecken? Kaum zu glauben, dass noch kein Reporter auf ihre Spur gekommen ist.« Wir erzählten ihm vom großen Medienandrang nach der Geburt in Münster. Die Presseleute hatten beharrlich versucht, mehr über uns und die Kinder herauszufinden, aber das Krankenhaus-Team hatte nichts verraten. Ebenso waren unsere Freunde und Bekannte mit dem Wissen um die Zwillinge umgegangen: Alle hatten geschwiegen. Herr Röhl hatte genickt und gesagt: »Aber eine Reise in die USA – daran ist ohne Medien nicht zu denken. Ganz zu schweigen von den Kosten, die der Transport in einem speziellen Sitz im Flugzeug verursachen wird ...«

Nun erzählte er uns von anderen »spektakulären Fällen«, in denen die Leute kaum Ruhe vor der neugierigen Presse fanden und überall belästigt wurden. »Ein Exklusiv-Vertrag könnte das im Rahmen halten. Damit sind Sie nur einer Zeitschrift oder einem Fernsehsender verpflichtet. Wenn dieses Team dann die alleinigen Rechte an Ihren Bildern und Interviews hat, werden sich die anderen auf Abstand halten.« Mir schauderte bei dem Gedanken, überall fotografiert zu werden und ständig Auskunft geben zu müssen. Es war immerhin das kleinere Übel, nur einem Team von Reportern Rede und Antwort zu stehen. Damit konnten wir vielleicht leben, also hatten wir zugestimmt.

Herr Röhl empfahl den Stern als seriöses Magazin und wies darauf hin, dass auch Günter Jauch bei Stern-TV ein durchaus sensibler Gastgeber war, dem wir uns anvertrauen konnten. Vielleicht würde der Stern auch einen Spendenaufruf machen, sodass wir zumindest unsere privaten Ausgaben in den USA, die Flüge, Wohnung, Auto und Essen davon bestreiten könnten.

Unser Medienberater wollte jetzt jedenfalls den Kontakt mit dem Stern herstellen und einen Vertrag für uns aushandeln.

Peter und ich saßen nun wie erschlagen auf dem Sofa und dachten über all das nach. Ich musste erst einmal meine Gedanken in meinem Kopf sortieren und sagte zu meinem Mann: »Ich habe ein mulmiges Gefühl im Bauch. Wir lassen ganz fremde Leute hier herein und sind auf ihr Wohlwollen angewiesen. Was ist, wenn sie nun irgendeinen Quatsch schreiben und uns ganz falsch darstellen?« Peter konnte das verstehen. »Das habe ich auch schon befürchtet, aber lass uns doch erst einmal abwarten. Vielleicht sind die Reporter ja ganz nett.« Ich seufzte: »Wahrscheinlich hast du wieder einmal Recht, aber ich finde es trotzdem nicht wirklich gut, was wir da machen.« Er nahm meine Hände in seine und sah mich an. »Wir haben keine Wahl, Nelly. Wir wussten doch von Anfang an, dass wir die Kinder nicht ewig verstecken können. Wir müssen irgendwoher das Geld für die USA und vielleicht auch noch die Operation auftreiben. Außerdem können wir der Presse auch von Gott erzählen, wie er uns geholfen und durchgetragen hat.« Ich war immer noch skeptisch: »Aber ob sie das schreiben wollen?«

Ein paar Wochen später saßen uns die Journalisten vom Stern gegenüber. Sie waren sichtlich bewegt von unserer Geschichte und einer fragte: »Woher nehmen Sie die Kraft für alles?« Peter antwortete gerne: »Wir vertrauen auf Gott. Er hat uns die Last zugemutet, aber er hilft uns auch, sie zu tragen. Jeden Tag erleben wir Gottes Hilfe mit unseren Kindern.« Tatsächlich konnten wir alles erzählen, was uns besonders bewegte. Wir berichteten vom Alltag mit den Kindern und von der großen Freude, die wir mit ihnen hatten. Schließlich sagte ich: »Natürlich hoffen wir, dass eine Trennung möglich sein wird. Aber ich habe große Angst davor. Im Moment sind die beiden so gesund und fröhlich, sie lernen jeden Tag etwas mehr dazu. Eine Operation ist sehr gefährlich – wie werden die Mädchen sie überstehen?« Die Besucher nickten und versprachen, unsere Freuden und Sorgen, aber auch die Hoffnung und den Glauben so authentisch wie möglich darzustellen. Dann baten sie um Fotos, die ein wenig Einblick in den Alltag mit den Zwillingen gaben. Außerdem sollte ein kurzer Film für Stern-TV gedreht werden.

Als die Aufnahmen losgingen, fühlte ich mich zuerst noch sehr unwohl. Der Raum wurde von Scheinwerfern erhellt und ich fragte mich, wie die Mädchen auf so viele Fremde reagieren würden. Wir begannen mit dem Turnen auf dem großen Gymnastikball, weil die beiden das sehr liebten.

Peter legte den großen Ball mit dem Tuch darüber mitten ins Wohnzimmer. Dann nahmen wir Tabea und Lea hoch und begannen das Programm. Während die eine auf dem Rücken auf dem Ball lag, konnte die andere davor stehen und mit den kleinen Beinchen auf und ab hopsen. Wie erwartet, jauchzten die Kinder vor Freude und bald hatten sie die Kameras vergessen.

Nach dem Turnen durften sie auch noch baden. Das liebten alle beide und scheinbar wollten sie heute den Kameramann und Fotografen mit ihren Wasserspritzern aufs Korn nehmen. Sie strampelten im warmen Nass und setzten wieder einmal das halbe Zimmer unter Wasser. »Genau wie bei meinen Jungen«, murmelte einer und versuchte sich mit dem Taschentuch wieder etwas zu trocknen.

So verging die Zeit mit Gesprächen, Füttern der Kinder, Kuscheln auf dem Bett und Spazieren im Kinderwagen. Die Journalisten waren beim ersten

Termin gleich zwei Tage lang da und machten sich ein ausführliches Bild von unserer Familie. Am Ende waren wir erschöpft von den vielen Fragen, den Fotos und Filmaufnahmen. Die Zeitschrift mit dem Bericht über uns sollte in der Woche vor Ostern erscheinen. Man hatte uns geraten, danach für eine Weile »zu verschwinden«. Es sei damit zu rechnen, dass sich andere Medien und Schaulustige trotz des Exklusiv-Vertrags bei uns melden würden.

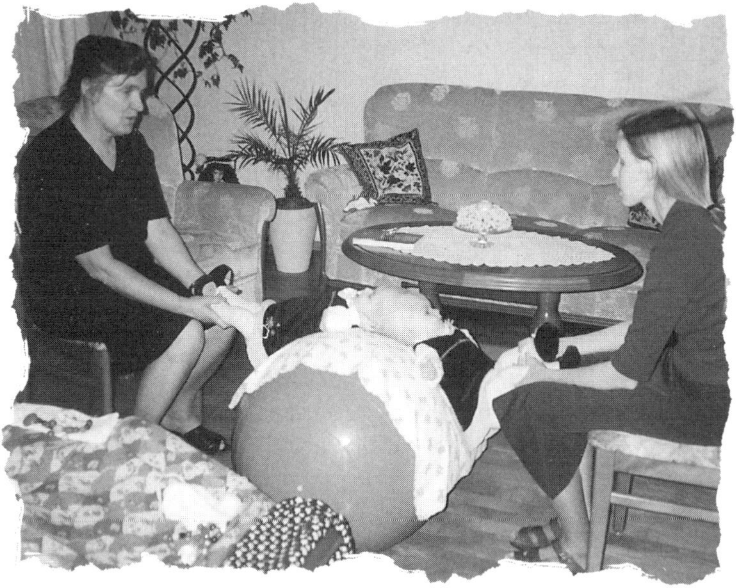

Die beiden Damen beim Turnen mit Oma Block (l.) und Mama

»Willkommen auf der Schneider-Ranch!«, begrüßte uns Sabine freudig, als wir aus den Autos stiegen. Wir sahen uns um. Hier war wirklich ein guter Ort zum Erholen und Fliehen vor neugierigen Blicken: ein großes Haus mit vielen Gästezimmern, irgendwo im Lipper Land. Der Weg hierher führte über so viele verschlungene Pfade, dass ich nur hoffte, Peter würde auch wieder zurückfinden. Meine Schulleiterin hatte uns eingeladen mit unseren Freunden hier eine Woche zu verbringen. Nun stieg Ella aus: »Das nenne ich Idylle!«, rief sie begeistert und ließ ihren Blick über die frühlingshafte Umgebung schweifen. Ich atmete die klare Luft tief ein und nahm den Blumenduft wahr. »Hyazinthen und Narzissen«, diagnostizierte ich. Peter lachte. »Nun lass mal die Lehrerin zu Hause und hilf lieber deinen Töchtern beim Aussteigen!« Ellas Mann lief bereits hinter ihrer dreijährigen Tochter her, die zielstrebig auf den Acker zusteuerte. Wir schauten ihm kichernd nach. Ella meinte nur: »Das kann ja heiter werden, zum Glück habe ich genug Sachen zum Wechseln dabei.« Sabine lud uns mit einer großzügigen Handbewegung ins Haus ein: »Selbstverständlich steht euch auch unsere Waschmaschine zur Verfügung. Jetzt kommt erst einmal herein, der Kaffee ist fertig.«

Wir verbrachten eine wunderbare Woche bei Schneiders. Das Wetter blieb meistens trocken und wir gingen viel spazieren oder spielten mit den Kindern an der frischen Luft. Nach all den Aufregungen der letzten Monate saugten wir die Erholung auf wie ein ausgetrockneter Schwamm. Wir hatten bereits viele wichtige Entscheidungen getroffen und eine turbulente Zeit lag nun vor uns. Wir würden in die USA reisen, um Tabea und Lea dort operieren zu lassen. Hier konnten wir Atem holen und Kräfte sammeln für das, was noch kommen würde.

Wir hatten die Kinder gerade ins Bett gebracht, denn es war Mittagszeit. Peter und Eduard hatten bereits Tee gekocht. »Trinkt eine Tasse und dann habt ihr zwei Stunden frei. Das Geschirr und die Kinder, falls sie wach werden, übernehmen wir«, verkündigten unsere Männer selbstzufrieden. Schnell waren die Tassen geleert und wir holten unsere Jacken. Endlich ergab sich auch wieder die Gelegenheit mit meiner Freundin Ella zu reden.

»Im Moment ist es ja schwieriger sich zu verabreden, als eine Audienz beim Papst zu bekommen!«, stöhnte sie. Leise zogen wir die Tür hinter uns zu. Kurzerhand entschlossen wir uns, zum nahe gelegenen Teich zu wandern. Wir redeten über dies und das, erinnerten uns an die unbeschwerte Zeit, als wir noch sehr viel miteinander unternommen hatten und lachten über die stundenlangen Telefonate während der Studienzeit. Wir erzählten einander von den täglichen Freuden und Sorgen und kamen dann auch auf die bevorstehende Ausreise zu sprechen. Ella blieb stehen und legte mir die Hand auf den Arm. »Du hast Angst, Nelly, nicht?« Ich nickte stumm und kämpfte gegen den Kloß in meinem Hals. »Wenn ich nur ein kleines bisschen in die Zukunft schauen könnte, ginge es mir besser. Ob wir richtig entscheiden? Unseren Kindern geht es jetzt so gut. Du siehst ja selbst, dass sie wunschlos glücklich sind. Und wir wären es auch, wenn nicht dieser Medienrummel wäre. Am Mittwoch sind wir sogar im Fernsehen, ich würde am liebsten auswandern oder die Zeit anhalten.« Meine Freundin gluckste: »Aber vorher gibst du mir noch ein Autogramm, ja?«

Ich stieß ihr liebevoll meinen Ellenbogen in die Seite. »He, das gehört sich aber nicht für eine Berühmtheit!« Dann drückte sie mich an sich. »Ihr werdet es schaffen, ich bin sicher. Mit Peter an deiner Seite hast du wohl den besten Mann aller Zeiten erwischt – nach meinem Eduard natürlich. Und Gott trägt euch da ganz sicher durch. Du weißt doch, wie viele Leute für euch beten.«

Ich stand da und versuchte jedes Wort in meinem Herzen zu speichern. »Manchmal ist das Leben so turbulent, dass ich mich einfach nicht mehr daran erinnern kann«, jammerte ich.

• 14. Die große Reise •

• Der April und der Mai vergingen nach unserem Kurzurlaub bei Sabine und Dieter wie im Fluge. Wir fuhren nach Köln, um mit den Kindern bei Stern-TV aufzutreten. Günter Jauch und sein Studioteam waren so freundlich und warmherzig, wie wir erhofft hatten. Insgesamt stießen wir in der Öffentlichkeit anscheinend auf viel Verständnis und Anteilnahme. Fremde Menschen spendeten Geld für unsere Zwillinge und wir konnten die Besprechungen wegen der geplanten Operation etwas erleichterter angehen.

Dr. Bruns setzte sich nach wie vor für uns ein. Immer wieder erhielten wir E-Mails, in denen er uns den letzten Stand der Verhandlungen mitteilte. Bereits im März hatten wir Dr. Carson ganz konkret gefragt, ob er bereit sei, unsere Kinder zu operieren. Mit seiner Zustimmung wurde der Wunsch an uns herangetragen, Tabea und Lea in Baltimore, im Johns-Hopkins-Hospital trennen und vorher dort auch untersuchen zu lassen. Die Amerikaner hatten einen Kostenvoranschlag nach Deutschland geschickt, der sich im besten Falle auf 700.000 Euro belief. Sollte es zu Komplikationen kommen, würde die OP noch teurer werden. Unser Fall durchlief nun alle Gremien der Krankenkasse und wir hofften und beteten, dass sie sich für eine Kostenübernahme entscheiden konnten. Nun würde es bis zu unserem Abflug in die USA nicht mehr lange dauern.

Eines Abends kam Dr. Bruns zu uns nach Hause, um die letzten Einzelheiten mit uns zu besprechen. »Gut, dass Sie sich entschieden haben, auch die Hauterweiterungs-Operation direkt in Baltimore vornehmen zu lassen«, meinte er. »Es ist besser, wenn von Anfang an nur ein Team für alles zuständig ist.« Peter fragte: »Aber wie lange vorher sollen wir denn jetzt in Baltimore sein? Haben Sie noch einmal nachgefragt?« »Natürlich«, Dr. Bruns blätterte in seinen Unterlagen. »Die Hauterweiterung wird ungefähr drei Monate dauern, wie wir besprochen hatten. Dr. Carson ist der Meinung, dass die Mädchen ein gutes Jahr alt sein sollten, wenn die Trennungs-OP stattfindet. Das wäre im August oder September.« Er legte die Unterlagen beiseite. »Jetzt ist Ende April, ich schätze, dass Sie Ende Mai fliegen werden.«

Ein flaues Gefühl breitete sich in meinem Magen aus. »Sie meinen, wir sollten schon in vier Wochen fliegen?« »So früh es eben geht«, antwortete Dr. Bruns. »Ich habe auch einen Kinderarzt gefunden, der Sie nach Baltimore begleiten würde. Dr. Polster aus Bielefeld könnte das machen und Ihnen bei der Übersetzung der medizinischen Fachbegriffe helfen. In den USA wird dann ein Übersetzer gesucht, damit es nicht zu Missverständnissen kommt. Es wäre gut, wenn Sie sich möglichst bald mit ihm treffen könnten.«

Was diesen Punkt anging, war ich erleichtert. Zwar hatte ich Englisch sogar als Abiturfach gewählt, aber seit vielen Jahren nicht mehr gesprochen. Für die fachliche Unterhaltung mit einem Arzt würden meine Kenntnisse niemals reichen. Gerne stimmten wir zu, uns schon in der nächsten Woche mit dem Arzt zu treffen.

Peter wollte nun noch einmal Näheres zur Haut-OP wissen. »Dann werden die Silikonkissen an einem Tag unter die Haut operiert und danach jede Woche aufgefüllt?« Dr. Bruns nickte. »Das ist richtig. Wenn die kleinen Einschnitte in der Haut verheilt sind, werden die Mädchen nichts mehr davon merken. Jede Woche wird dann etwas mehr Salzlösung durch den Port, der hinter dem Ohr platziert wird, direkt in die Kissen eingespritzt. Dadurch dehnt die Haut sich aus, weitere Zellen werden gebildet und nach der großen Operation wird genügend Hautfläche da sein, um die großen Wunden zu schließen.« Ich konnte mir das alles im Moment nur schwer vorstellen und der Kinderarzt zeichnete uns eine Skizze, um das zu verdeutlichen. Ich war erschrocken. »Aber das sieht ja so aus, als hätten die Kinder riesige Beulen an der Stirn!« Dr. Bruns stimmte mir zu. »Es sieht zwar nicht schön aus, aber es ist sehr wichtig für den späteren Heilungsprozess. Haben Sie keine Sorge, den Mädchen wird das ganz normal vorkommen, sie leiden nicht darunter.« Das konnte ich kaum glauben. Aber ich sah ein, dass es sein musste. »Was wird in den Monaten vor der Operation denn noch passieren?«, fragte ich weiter. Der Arzt suchte den Plan heraus, den das Team aus Amerika zum Ablauf geschickt hatte. »Vor der Haut-OP ist noch einmal eine große Untersuchung in Vollnarkose nötig. Dr. Carson braucht ganz genaue und aktuelle Angaben zur Lage der Venen in den Gehirnen, zum Blutfluss und zu vielen anderen Einzelheiten. Die Klinik in Baltimore hat die modernsten technischen Geräte und wird so hoffentlich jede Kleinigkeit sehen, die die spätere Operation komplizieren könnte.« Nun legte Dr. Bruns die vielen Unterlagen beiseite und wartete geduldig unser Schweigen ab. Noch einmal hatte er alles erklärt, obwohl wir den groben Ablauf doch schon mehrmals durchgesprochen hatten. Er spürte wohl, wie schwer uns diese Entscheidungen fielen und wusste auch, wie ungern wir das Risiko einer Operation eingehen wollten. Peter konnte anscheinend meine Gedanken lesen, denn er fragte noch einmal: »Und Dr. Carson schätzt ganz bestimmt die Chance größer ein, dass alles gut ausgeht, als dass die Mädchen sterben werden?« »Er ist der Meinung, dass Tabea und Lea außergewöhnlich gute Voraussetzungen für eine Trennungsoperation mitbringen. Die Wahrscheinlichkeit, dass sie die OP gesund überstehen, ist sehr groß. Aber selbstverständlich kann er keine Garantien geben. Sie müssen dennoch auch auf das Schlimmste gefasst sein.«

Jetzt wurde mir wieder flau im Magen und mein Herz setzte einen Schlag aus. Ich dachte an die beiden fröhlich lachenden Schätze, die gerade in der Küche von der Oma mit einem Fruchtjoghurt gefüttert wurden. Einerseits wollte ich sie nie wieder hergeben, sie gehörten doch zu uns. Anderseits wusste ich, dass sie nur durch die Operation eine echte Chance auf ein eigenes und selbstständiges Leben hatten. In den letzten Monaten hatten wir so viel gebetet und Gott um Rat gefragt. Er antwortete wie immer nicht mit einer lauten Stimme vom Himmel oder einem großen Ereignis. Aber es hatten sich uns still und leise Türen geöffnet, wir waren Menschen begegnet, die uns weiterhalfen. Wir spürten Gottes Gegenwart an jedem Tag und ich dachte noch einmal an die Zusage nach der Geburt der Zwillinge: »Gott sagt: ›Rufe mich an, so will ich dir antworten und will dir kundtun große und unfassbare Dinge, von denen du nichts weißt.‹« Viele Monate lang begleitete mich dieser Bibelvers nun schon und ich entschied mich, Gott weiter »anzurufen«. Wie so oft betete ich: »Meine Kraft ist nur ganz klein, oh Gott, aber deine Kraft ist groß. Gib mir doch so viel, wie ich heute brauche.«

Vier Wochen später saßen wir bereits in einem Zimmer im Flughafenkrankenhaus in Frankfurt und checkten in die nächste Maschine nach

Washington D.C. ein. Unsere beiden Familien hatten uns begleitet und verabschiedeten sich nun von uns. Tabea und Lea wurden besonders herzhaft gedrückt. Die beiden fanden es klasse, dass so viele nette Leute sie kitzeln und mit ihnen toben wollten. Sie hörten kaum auf zu jauchzen.

Der Abschied in Lemgo war bereits sehr tränenreich ausgefallen, die Freunde aus unserer Gemeinde hatten in einem Gottesdienst für uns gebetet und sich von uns persönlich verabschiedet. Dabei war mir mein Herz manchmal so schwer geworden, dass ich wieder dachte, es keinen Schritt weiter zu schaffen.

Nun saß ich erschöpft in meinem Sessel und beobachtete die Filmaufnahmen des Fernsehteams.

Die Deutsche Lufthansa war uns außerordentlich entgegengekommen – nicht nur bei den Flugtickets. Sondern sie hatte auch noch für eine ruhige Reisemöglichkeit gesorgt. Sie bauten ein kleines Krankenzimmer, ein so genanntes »Compartment«, für uns in der Boing 747 ein, das zwölf Sitzplätze einnahm. Das war ein abgeteilter Raum, der die Ausstattung eines Krankenwagens hatte und nur für Krankentransporte geschaffen wurde. Hier konnten unsere Mädchen während des langen Flugs in Ruhe schlafen und gefüttert werden. Außerdem hatte man dafür gesorgt, dass wir als Erste an Bord gehen und uns einrichten konnten, bevor die anderen Passagiere kamen. Ich war dafür sehr dankbar und glücklich, nicht auch noch den neugierigen Blicken der fremden Leute ausgesetzt zu sein. Einerseits rührte mich ihre Anteilnahme sehr und ich wollte am liebsten mit jedem eine Weile plaudern, der mich auf die Zwillinge ansprach. Es war aber auch jedes Mal sehr anstrengend und ich selbst fühlte mich im Moment diesen Anforderungen nicht gewachsen.

Müde beobachtete ich den Kameramann, der sich in eine Ecke quetschte, um Peter und die Kinder gut ins Bild zu bekommen. Sie kuschelten auf seiner Brust und würden sicher gleich einschlafen. Eine prima Gelegenheit, selbst kurz die Beine auszustrecken und ein Nickerchen zu machen.

Nach neun Stunden ruhigen Flugs mit zufriedenen Kindern landeten wir in Washington. Ein Regierungsbeamter öffnete die Tür zu unserem Compartment und wollte die Reisepässe sehen. Er war bereits über unseren Fall informiert worden und stellte anstandslos eine Aufenthaltserlaubnis für ein ganzes Jahr aus. Die würden wir sicher nicht benötigen, aber sechs Monate waren wahrscheinlich doch zu optimistisch gedacht. Heute war der 30. Mai – ob wir Weihnachten wieder zu Hause wären?

Ein freundlicher Angestellter der deutschen Botschaft holte uns ab. Er wollte uns zu einem Wagen bringen, der uns direkt nach Baltimore ins Johns-Hopkins-Hospital fuhr. Dort sollten wir in ein Haus gleich neben der Klinik einziehen, das extra für Angehörige von Patienten zur Verfügung stand.

Während wir unsere letzten Sachen im Handgepäck verstauten, fielen mir plötzlich siedend heiß die fünf Koffer und die Riesenkiste mit dem Kinderwagen ein, die bereits irgendwo unterwegs auf dem Laufband zur Flughafen-Halle waren. Wer würde sie holen? Wir müssten doch auf die Koffer warten! »Kommen Sie!«, drängte der Botschaftsangestellte bereits und ich sah mich hilflos nach Peter um. »Die Koffer«, rief ich ihm zu, »wer wird die Koffer mitbringen?« Da stand plötzlich Dr. Polster neben mir. »Gehen Sie nur, Frau Block!«, forderte er mich auf. »Sie sollten jetzt bei Ihren Kindern sein. Wir werden das Gepäck vollständig mitbringen. Wir müssen ja auch noch auf unser eigenes warten«, versicherte er mir. Erleichtert eilte ich zum Wagen und Dr. Polster machte sich mit Herrn Röhl auf den Weg zum Koffer-Laufband.

Als wir unser Gepäck später von ihnen ausgehändigt bekamen, lachten die beiden immer noch. Sie führten uns vor, wie sie – jeder mit zwei Kofferwagen – durch die Flughafenhalle geirrt waren. »Ein Wunder«, prustete Dr. Polster, »dass uns die Einwanderungsbehörde nicht festgenommen hat. So beladen wie wir waren, sah es wohl eher nach einem Umzug in die USA aus ...«

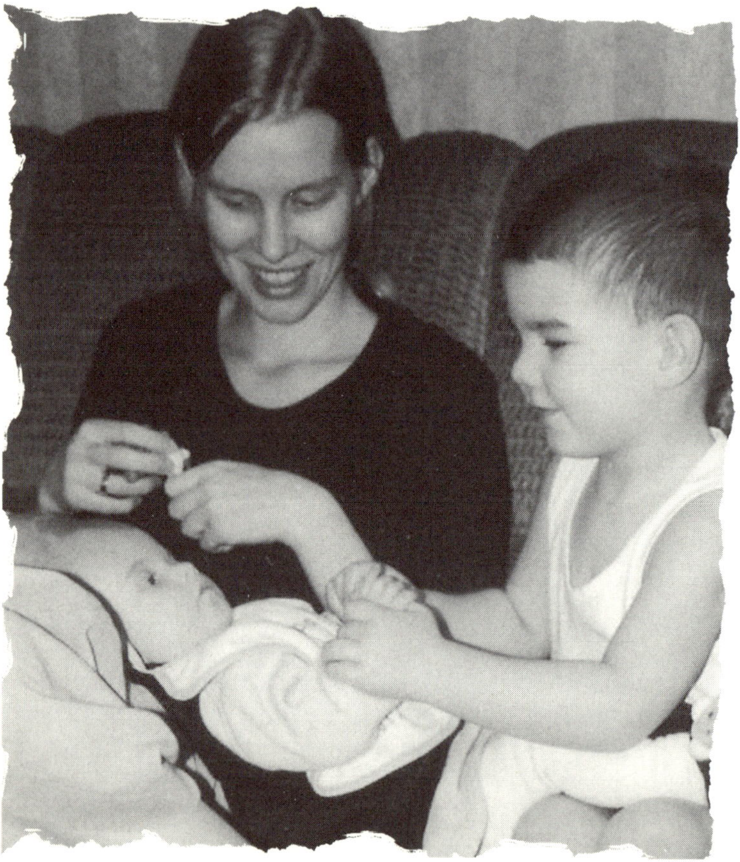

Enrico (Leas Cousin) spielt mit Lea

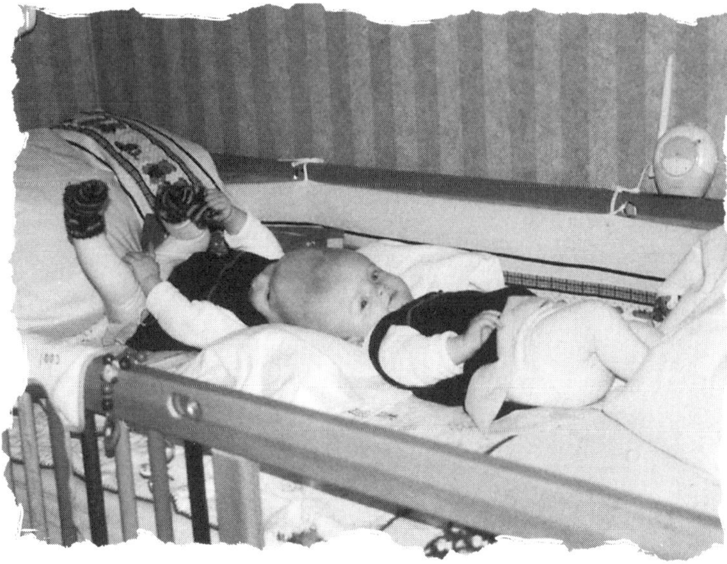

Tabea (r.) und Lea (l.) in ihrem Bett im März 2004

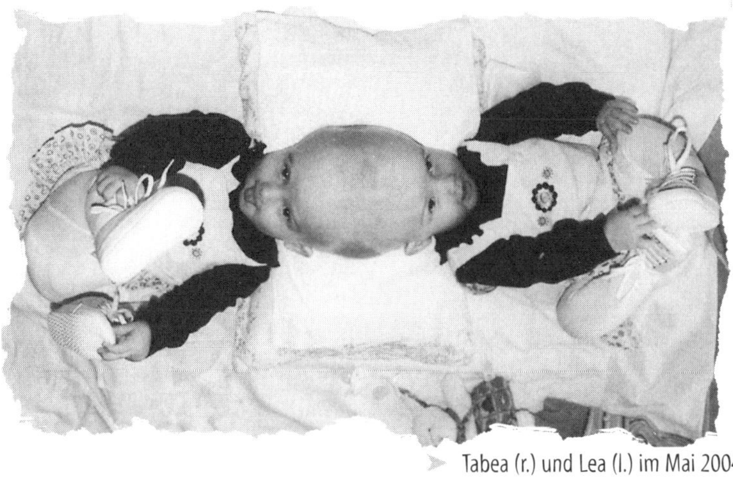

Tabea (r.) und Lea (l.) im Mai 2004

C

Juni 2004 bis September 2004: Die Trennungsoperation

Die Trennungsoperation

• 15. Sweet Girls •

• Die Sonne blinzelte durch die Jalousie vor dem Fenster. Ich lag schon seit einiger Zeit wach und lauschte dem zufriedenen Brabbeln meiner Mädchen. Peter schlief noch neben mir wie ein Stein. Ich drehte mich zur Seite und sah ihn an. Wie der schlafen konnte – unglaublich, dieser Mann! Schon als Tabea und Lea zwei Monate alt waren und in der Nacht vor Hunger weinten, war ich leise mit ihnen aus dem Schlafzimmer hinausgeschlichen. Ich hatte ihnen die Flaschen gegeben und die beiden dann gewickelt. Als ich sie satt und zufrieden wieder in ihr Bettchen legen wollte, war Peter aufgewacht. Er zuckte damals nur kurz mit den Augen und schnaufte: »Ich trage dir die Mädchen gleich rüber zum Flasche-Geben!« Dann hatte er sich umgedreht und war wieder eingeschlafen. Während ich jetzt noch bei dieser Erinnerung leise vor mich hinkicherte, musste ich an die Aussage einer Bekannten denken, die meinte: »Spätestens, wenn die Kinder da sind, haben die Männer immer einen gesunden Schlaf.«

Ich streichelte ihm liebevoll über die Wange und versuchte ihn aufzuwecken. »Morgen!«, grunzte er verschlafen und rollte zu mir herüber. »Welcome in America!«, antwortete ich. Peter riss die Augen auf. »Wir sind in Baltimore!« »Getroffen! Und das zu so früher Stunde!« Ich drückte ihm einen Kuss auf die Stirn. »Deine Kinder haben in wenigen Minuten Hunger. Also auf, der Tag hat begonnen!« Peter zog sich an und eilte in die Küche, um dort die Fläschchen für Tabea und Lea vorzubereiten. Ich putzte mir in der Zwischenzeit die Zähne und hielt die Zwillinge bei Laune. Nachdem die beiden nun aber bemerkt hatten, dass ihre Eltern wach waren, forderten sie lautstark unsere Aufmerksamkeit. Ich legte mich zu ihnen auf das große zweite Bett, in dem sie geschlafen hatten.

»Guten Morgen, meine Damen, wie gefällt es euch in Amerika?« Ich strahlte die beiden an und begann sie an ihren Bäuchlein hin und her zu rollen. Die Mädchen wurden ruhiger und fingen schließlich an, laut zu lachen und vor Freude zu kreischen. Toben am frühen Morgen – es gab doch nichts Besseres. Schließlich konnte ich die beiden mit zwei Stoffbilderbüchern ablenken und sie betrachteten zufrieden die bunten Bilder.

Ich zog mich schnell an und schaute mich dann seufzend im Zimmer um. Nein, es war seit gestern Abend natürlich nicht größer geworden. Ganz im Gegenteil: Durch die vielen Koffer und die Kiste vom Kinderwagen, die Dr. Polster gestern Abend gebracht hatte, war der Raum noch geschrumpft. Direkt in das Zimmer eingebaut war ein kleines Bad, abgetrennt durch zwei dünne Wände. Man konnte nicht duschen oder die Toilettenspülung betätigen, ohne dass im Zimmer alle wach wurden – das hatten wir heute Nacht bereits gemerkt. Unsere Kinder waren gewohnt in völliger Ruhe zu schlafen. Die Mädchen hatten ihre Bilderbücher inzwischen weggeworfen und gaben ihren Hunger nun schreiend bekannt. Peter kam herein. »Frühstück für die beiden!«, rief er begeistert und schwenkte zwei Flaschen in der Hand. Ich nahm eine Flasche und hielt sie Tabea hin. Gierig griff sie danach und begann glücklich zu trinken. Peter hatte seine Flasche Lea gereicht, und nun saßen wir neben unseren Kindern und sahen ihnen beim Trinken zu. »Weißt du noch«, erinnerte ich mich, »wie wir anfangs um jeden Milliliter gekämpft haben?« »Wunderbar, wie sie sich entwickelt haben!«, antwortete Peter. »Ja, ich bin schon gespannt, was sie noch alles in Amerika lernen und wie wir die Zeit hier mit ihnen verbringen werden.«

Peter stand auf und blickte sich um. Er meinte: »Als Erstes müssen wir uns eine Wohnung hier in der Nähe suchen. Es ist unmöglich, hier mit einer ganzen Familie ein halbes Jahr zu leben. Dieses Zimmer hier ist zwar billig und ganz nahe an der Klinik. Niemand kommt herein, der nicht angemeldet ist. Das sind die Vorteile. Aber wir haben ja heute Nacht gemerkt, dass es einfach zu klein ist.« Er gähnte. Tabea drückte sich den Sauger der leeren Flasche jetzt abwechselnd ins Ohr und ins Auge. Ich nahm sie ihr weg und gab ihr stattdessen eine Rassel, die sie sogleich interessiert begutachtete. Auch ich war sehr müde. Die Kinder waren um 2.00 Uhr wach geworden, denn für sie war die Nacht zu Ende. In Deutschland war es gerade 8.00 Uhr, die Zeit, zu der sie normalerweise wach wurden. Es würde wohl noch dauern, bis sie sich an den neuen Tagesablauf gewöhnt hatten.

Das war aber nur das kleinere Problem. Wie sollten wir in den nächsten Monaten die Zeit verbringen, wenn sie schliefen? Vielleicht konnte man gerade noch lesen, an eine Unterhaltung war nicht zu denken. Peter hatte sich wieder auf unser Bett fallen lassen. »Wir finden bestimmt eine kleine Wohnung, die für uns geeignet ist.«

Wenig später machten wir die Zwillinge für unseren ersten Rundgang im Haus fertig. Wir legten sie in den Kinderwagen und schoben sie für die Erkundungstour überall herum. Noch einige andere Familiengehörige lebten hier, während ihre Kinder drüben im Johns-Hopkins-Hospital behandelt wurden. Zum Kochen und Essen stand allen eine Gemeinschaftsküche und ein Speisesaal zur Verfügung. Außerdem gab es einen Aufenthaltsraum mit einer kleinen Bibliothek. Tabea und Lea schauten sich interessiert um und strampelten vergnügt in ihrem Wagen, bis es Zeit zum Mittagessen war.

Kurz nach Mittag erreichte uns ein Anruf. Dr. Carson wollte mit seinem Kollegen Dr. Jallo vorbeikommen, um uns zu begrüßen. In einer Viertelstunde sei er da.

Ich bekam einen Schreck. Darauf waren wir nicht vorbereitet. Niemand war da, um zu übersetzen. Schnell versuchten wir Dr. Polster in seinem Hotel zu erreichen, doch er ging nicht ans Telefon.

Wir warteten mit den Mädchen in unserem Zimmer. Aufgeregt ging ich auf und ab. Ob unser Schulenglisch für den ersten Kontakt reichen würde?

Wenige Minuten später waren sie auch schon da. Dr. Carson begrüßte uns mit einem freundlichen Händedruck und hieß uns in Baltimore willkommen. Dr. Jallo schloss sich ihm an. Dann steuerten sie schnurstracks auf die Zwillinge zu, die die beiden fremden Männer skeptisch musterten. Lea rasselte mit einem Spielzeug und Tabea kaute gerade an einem Löffel. Dr. Carson strahlte die beiden an: »Oh, these girls are so sweet!«[5] Er kitzelte Tabeas Füße. Dann ging er herum zu Lea und sprach weiter: »So cute, the girls. Sweet little girls!«[6] Unsere beiden Töchter fanden ihn höchst interessant und brabbelten zurück. Dr. Carson lachte und wandte sich uns wieder zu. Er sprach langsam und in einfachen Worten, sodass wir ihn gut verstehen konnten. Morgen sollten wir zur offiziellen ersten Besprechung in der Klinik erscheinen. Dann würden wir auch die meisten Ärzte und Schwestern des OP-Teams kennen lernen. Heute seien sie nur gekommen, um uns in der Klinik willkommen zu heißen und unsere Kinder einmal zu sehen.

Zehn Minuten später waren die beiden Ärzte schon wieder verschwunden. Ich saß auf dem Bett und hob Tabeas Löffel auf. Peter schaute noch verwundert zur Tür. »Das war also der Chef der Kinderneurochirurgie, Professor Dr. Carson.« Ich war ebenso erstaunt wie er. Ganz selbstverständlich und warmherzig war der Chefarzt auf uns zugegangen. Sein Umgang war von persönlicher Zuneigung und Interesse geprägt. Nun sahen wir der Vorbesprechung am nächsten Tag erleichtert, aber auch mit Neugier auf das weitere Team entgegen.

Dr. Polster begleitete uns zu diesem wichtigen Termin, um zu übersetzen und uns fachliche Dinge genau zu erklären. Wir kannten ihn bereits von einem Besuch bei uns zu Hause und waren froh, dass er sich Zeit genommen hatte, uns nun nach Amerika zu begleiten.

Jetzt saß er neben uns und wir begrüßten die vielen Anästhesisten, Radiologen, Kinderärzte, Schwestern und Pfleger, die im Laufe des Nachmittags hereinkamen und kurz mit uns plauderten. Alle waren sehr nett und freuten sich anscheinend, uns kennen zu lernen. Alle Mitarbeiter des Teams bezeichneten unsere Mädchen als »sweet girls«. Am Ende des Tages hatten wir diese Worte so oft gehört, dass Peter und ich die Kinder den ganzen Abend nur noch mit »sweet girls« ansprachen.

Zwei Tage später brachten wir Tabea und Lea bereits am frühen Morgen in die Klinik. Den ganzen Tag sollten sie dort in Vollnarkose verbringen, denn wichtige Untersuchungen mussten gemacht werden. Tabea erhielt ein oranges Fußbändchen mit ihrem Namen und ein Pflaster in derselben Farbe auf die Stirn, Lea erhielt das gleiche in Gelb. Bei den Untersuchungen und der späteren Trennungsoperation durften die Zwillinge auf keinen Fall verwechselt werden. Als sich die Tür des Untersuchungszimmers hinter den beiden schloss, war ich etwas beunruhigt, denn wir hörten, wie die Kinder schrien. »Weißt du noch, wie schlecht es den beiden nach der großen Untersuchung mit Vollnarkose in Bielefeld ging?«, fragte ich Peter. Er nickte besorgt. »Wer weiß, was wir heute Abend erleben werden.«

Wir brachten unsere Sorgen in einem Gebet vor Gott. Dann mussten wir vernünftig sein und die Zeit nutzen, in der die zwei in der Klinik waren. So fuhren wir los und schauten uns kleine Wohnungen in Baltimore an. Leider war überhaupt nichts Passendes für uns dabei und wir mussten ohne Aussicht auf baldigen Umzug in das Childrens House zurückkehren.

Bald darauf rief Alexa, unsere Übersetzerin, an und teilte uns mit, dass wir zu den Kindern in den Aufwachraum gehen konnten.

Nervös betraten wir etwas später das Zimmer und konnten es kaum glauben: Zufrieden brabbelnd lagen unsere Kinder in ihrem Bett. Lea kaute an einem grünen Beatmungsbeutel und Tabea spielte mit einem Stück Plastikschlauch. Dabei gurrten und erzählten sie in Silben, als sei das der schönste Nachmittag seit langem. Wir waren erleichtert. Anscheinend hatte ihnen die Narkose heute nicht so viel ausgemacht. Dankbar gingen wir auf die beiden zu und schmusten erst einmal wieder ausgiebig mit ihnen.

• 16. Heimweh •

• Ich schreckte hoch. Tabea hatte einen schrillen Schrei ausgestoßen und wimmerte nun wieder vor sich hin. Müde legte ich ihr meine Hand auf den Bauch und begann leise ein Kinderlied zu singen. Das Wimmern wurde dennoch lauter und immer wieder von kleinen Schreien unterbrochen. Wie spät es wohl war? Von draußen drang kein Lichtstrahl durch die Jalousie, es musste noch tief in der Nacht sein. Ich schaute zur Uhr: 1.20. Wir hatten gerade mal zehn Minuten geschlafen. Immerhin war heute schon Freitag. Am Mittwoch, dem 9. Juni, waren die Zwillinge operiert worden. Sechs Stunden hatte es gedauert, jedem Mädchen drei Silikonkissen unter die Haut der Stirn zu platzieren. Sie waren wichtig zur Hauterweiterung und würden von nun an jede Woche etwas mehr aufgefüllt werden, bis die Haut reichen würde, um die Kopfwunde nach der erfolgten Trennung ganz zu bedecken. Das sei nicht schmerzhaft, hatte man uns versichert. Es würde nur merkwürdig aussehen, weil die Kinder zum Schluss sechs große Beulen am Kopf hätten.

Im Moment konnte ich mir kaum vorstellen, dass wir es bis zur großen Trennungsoperation überhaupt noch schaffen würden. Es war schrecklich. Seit Tabea und Lea am Mittwochnachmittag erwacht waren, weinten, wimmerten und schrien sie fast pausenlos. Wir fühlten uns wie gerädert. In der Nacht zum Donnerstag war es in der Klinik noch einigermaßen erträglich gewesen. Die Mädchen hatten über den Tropf Schmerzmittel erhalten und wir fanden wenigsten ein paar Stunden Schlaf.

Nun lagen wir aber schon seit gestern Nachmittag hier mit unseren Zwillingen auf dem großen Bett im Childrens House und versuchten sie abzulenken, mit ihnen zu spielen oder sie ganz einfach zum Schlafen zu bringen. Nichts war zu machen. So hatte ich meine »sweet girls« noch nie erlebt.

Durch mein Singen und Streicheln hatte sich Tabea etwas beruhigt, nun schrie Lea aber immer wieder laut auf und weinte. Das verängstigte ihre Schwester oder erinnerte sie an ihre eigenen Schmerzen, denn nun stimmten beide ein Wimmern und Schreien an, das wir kaum beruhigen konnten. Peter lag neben Lea und versuchte sein Bestes, sie zu trösten. Aber alles, was wir tun konnten, war ihnen zur verabredeten Zeit die

Schmerztropfen zu geben und ihnen einfach nahe zu sein. Wir hatten laut und leise für sie gebetet, gesungen, gestreichelt und geschwiegen. Es wurde nicht besser.

Immer wieder übermannte mich die Müdigkeit und ich nickte für ein paar Minuten ein. Wenn ich dann wieder erwachte, schien es nur noch schlimmer geworden zu sein. Mittlerweile hatte sich ein dumpfer Kopfschmerz in meiner Stirn ausgebreitet und mir war übel. Diese Nacht würde nie ein Ende nehmen, dabei wollte ich das so gerne. Ich wollte, dass alles zu Ende war. Schluss, aus, vorbei. Ich konnte nicht mehr. Ein dicker Kloß stieg in meinem Hals auf und der Schmerz in der Stirn reichte nun bis zu den Augen. Ich fühlte, wie Tränen sich den Weg durch meine geschlossenen Lider bahnten und warm und nass über das Gesicht auf das Kopfkissen tropften. Ich war so müde und ich fühlte mich so fremd hier. Wir waren allein, ich wollte nach Hause.

Unsere Mädchen waren nun doch ruhiger geworden und ich hörte, wie Peter sich hinsetzte. Vorsichtig löste ich meinen Finger aus der Umklammerung von Tabeas Hand und schaute zu ihm hinüber. Er hatte den Kopf in die Hände gestützt und wiegte seinen Oberkörper leicht vor und zurück. Ich wischte meine Tränen mit dem Handrücken aus dem Gesicht und angelte ein Taschentuch vom Nachttisch. Als ich mich ganz leise schnäuzte, sah mein Mann zu mir hinüber. »Ich weiß nicht, wie lange ich das noch aushalten kann«, flüsterte er mit ängstlichem Blick zu den Kindern. Sie schliefen noch nicht, sondern jammerten leise vor sich hin. Lea rieb sich die Augen und fuchtelte dann wieder abwehrend mit den kleinen Händchen.

Ich rieb meine schmerzende Stirn. »Ich kann es jetzt nicht mehr aushalten. Keine Sekunde länger. Ich will nach Hause.« Peter kam zu mir herüber. Die Bettdecke hatte sich bewegt und wölbte sich nun leicht zu ihm nach unten. Mit angehaltenem Atem beobachteten wir, ob das Geschrei wieder beginnen würde. Alles blieb still. Die Kinder waren anscheinend von einer Sekunde zur nächsten eingenickt. Kaum hörbar flüsterte Peter: »Ich habe auch schon Kopfschmerzen und das war nur der kleine Eingriff, was wird erst die große OP bringen?«

Er nahm mich in den Arm, als meine Tränen wieder zu fließen begannen. »Die Nacht kann noch lang werden. Ich würde am liebsten sterben, Peter. Bestimmt ist es besser für uns vier, wenn wir bald zu Hause im Himmel sind. Dieses Leben halte ich nicht aus, es ist zu schwer für mich.« Er drückte mich stumm an sich.

Selbst an seiner Seite hatte ich das Gefühl nicht hierher zu gehören. Alles in mir sehnte sich nach Frieden und Geborgenheit, die ich an diesem Ort nicht finden konnte. Der Pfarrer Johannes Busch hatte in einer Predigt einmal gesagt: »Wir sind Ausländer auf Befehl!« Ich war nicht nur Ausländerin in Amerika, geduldet, aber fremd hier. Diese ganze Welt war einfach nicht mein Zuhause. Bei Gott gibt es keine Schmerzen mehr, kein Geschrei und kein Leid, da war ich ganz sicher. Dort wollte ich hin, was hielt mich noch hier? Die Last der letzten Monate war unmerklich nach und nach schwerer geworden. In dieser Nacht kam der letzte Schmerz hinzu. Nun türmten sich Erlebnisse, Worte und Erfahrungen bleischwer in mir, mehr konnte ich nicht tragen.

Mein Blick wanderte zu unseren unruhig schlafenden Kindern. Wie sehr liebte ich meine Mädchen. Zwei ganz unterschiedliche, eigenwillige kleine Persönlichkeiten, die in den letzten Monaten mein Herz im Sturm erobert hatten. Aber sie konnten diese wunderbare Individualität nie ausleben, wenn sie nicht operiert würden. Welchen Preis aber würde diese Trennungsoperation kosten? Wenn es ihnen jetzt schon so schlecht ging, nach diesem verhältnismäßig kleinen Eingriff, was würde uns nach der großen OP erwarten? Schon jetzt waren sie doch nicht mehr dieselben, was würde noch auf uns zukommen? Wie sollte ich meine Kinder trösten und tragen, wenn meine Kraft noch nicht einmal für mich selber reichte? Ich konnte das nicht, ich wusste es genau.

Leise putzte ich mir die Nase, meine Tränen waren versiegt. Nun war ich ganz leer. Da waren nur noch Schmerz und Einsamkeit. Ich warf das Taschentuch auf den Boden zu den unzähligen anderen und erinnerte mich an den Tag, an dem ich mit Peter über die Diagnose geweint hatte. Seitdem hatten wir immer wieder die bewusste Entscheidung getroffen, Gott zu vertrauen. Wir hatten ihm unsere eigenen Wünsche und Vorstellungen von einem idyllischen Familienleben anvertraut. Gott hatte uns mit zwei besonderen Kindern beschenkt, mit Liebe und Hilfe im Überfluss. Wie aber konnte ich ihm jetzt vertrauen? Wie sollte ich weitergehen, wenn meine Kraft doch nicht reichte, wenn ich nichts mehr hatte, das ich ihm anvertrauen konnte? Ich betrachtete meine geöffneten Hände, die leicht zu zittern begonnen hatten. Sie lagen auf meinem Schoß – sogar meine eigenen Hände waren mir zu schwer geworden.

Lange saßen Peter und ich so auf dem Bett. Irgendwann nahm er meine Hände in seine und begann leise zu wispern: »Vater im Himmel, wir bitten dich zuerst darum, dass die Kinder jetzt nicht von unserem Gebet geweckt werden.« Ich lauschte mit klopfendem Herzen seinem Flüstern, doch die Zwillinge blieben still. Peter betete weiter: »Herr, du siehst, wie müde wir sind. Unsere Kraft ist zu Ende. Wir haben solche Angst um unsere Kinder und können sie doch nicht beschützen. Nelly möchte am liebsten sterben und mit ihnen bei dir sein, so traurig und einsam ist sie. Wir geben dir jetzt noch einmal die Last der letzten Monate, alle Gespräche und Entscheidungen in deine Hand zurück. Nimm sie uns ab, Herr, wir können sie nicht mehr tragen. Bitte schenke uns doch Frieden darüber. Nimm unsere Sorgen und sieh unsere Herzen an, die so wehtun von den Schmerzen unserer Zwillinge. Schenke Tabea und Lea Heilung, wir bitten dich so sehr darum.« Jetzt schwieg Peter und wartete anscheinend, ob ich auch etwas beten wollte. Ich ließ seine Worte in mir nachklingen und stellte mir vor, wie ich schwere Säcke trug und vor Gott ablegte. Ich fühlte mich so schwach, dass es mich große Anstrengung kostete, ganz leise zu wispern: »Ich will am liebsten bei dir zu Hause sein, lieber Vater, denn ich habe keine Kraft mehr. Ich habe gar nichts mehr. Alles, was ich dir bringen kann, ist meine Angst und meine Schwachheit. Bitte gib mir Kraft genug für diese Nacht, ich will sie irgendwie aushalten können. Bitte, Gott, bitte.«

Peter drückte meine Hände und eine seiner Tränen tropfte darauf. Nun war auch er nicht mehr stark genug.

Ich erinnerte mich an einen Spaziergang am Ende unserer Verlobungszeit. Peter hatte mir versichert: »Gott wird immer der Dritte in unserem Bund sein, Nelly. Wir drei gehören zusammen und werden eine gute Zeit miteinander haben.«

Wenn wir uns nun nicht mehr gegenseitig tragen konnten, würde wohl Gott als der Dritte im Bunde unsere ganze Last nehmen müssen.

Wir trauten uns lange nicht, uns zu bewegen. Erst als Lea wieder zu jammern begann, ging Peter auf seine Seite zurück. Auch Tabea erwachte und weinte erneut. Die Uhr zeigte erst 1.55 Uhr. Die Minuten krochen langsam dahin. Es würde noch eine lange Nacht werden. Ich legte mich zu Tabea und merkte erstaunt, dass ich mich besser fühlte. Mein Kopf schmerzte noch und die Müdigkeit lag bleischwer auf jeder Faser meines Körpers. Aber ich hatte mein Zuhause wieder gefunden. In meinem Herzen war der kleine Platz wieder frei geräumt worden, an dem Gottes Reich zu wachsen begann. Das war der Ort in mir, an dem ich ihm selbst begegnen konnte, ihm meine Sorgen sagen und auf ihn hören. Ein Stückchen Himmel, das Gott mir geschenkt hatte, damit ich es hier noch ein Weilchen aushalten konnte.

· 17. Big, big Baltimore ·

Es dauerte noch ein paar Tage, dann wurden unsere Kinder wieder ausgeglichener und spielten fröhlich auf dem Bett, während ich unsere Sachen packte. Peter schleppte Kisten und Koffer ins Auto, denn wir hatten eine Wohnung »in der Nähe« der Klinik gefunden. Wir mussten zwar 30 Minuten lang dorthin fahren, hatten aber inzwischen gelernt, dass die Amerikaner diese Entfernung durchaus als »in der Nähe« ansahen. Peter und ich hofften zumindest, dass es nah genug sein würde. Ein- bis zweimal in der Woche mussten wir in der Klinik erscheinen, um die Kinder dort behandeln zu lassen.

Peter war schon einmal zur neuen Wohnung gefahren und hatte Sachen dorthin gebracht. In unserem Leihwagen, einem geräumigen Ford Explorer, hatten viele Koffer Platz. Auch der große Kindersitz der Zwillinge konnte einfach dort auf dem Sitz angeschnallt werden. Nachdem die letzten Sachen verstaut waren, setzen wir die Mädchen ins Auto und fuhren zum ersten Mal zusammen in unsere Wohnung.

So trugen wir Tabea und Lea am Nachmittag in die geräumige Erdgeschosswohnung. Sie war eine echte Gebetserhörung für uns: So viele Wohnungen hatten wir uns angesehen, keine war passend. Die meisten waren zu weit weg vom Johns Hopkins. Manchmal wanderten wir durch finstere Kellerräume oder in den Gängen und Zimmern war zu wenig Platz für den großen Zwillingskinderwagen. Als wir schon dachten, wir hätten die letzte Chance verpasst, stellte Alexa den Kontakt mit dem Vermieter her. Den Termin zur Besichtigung konnten wir während der Haut-Operation der Zwillinge wahrnehmen. Denn mit unseren Mädchen war es schwierig loszufahren, um Wohnungen anzusehen, und keiner war da, dem wir sie anvertrauen konnten. Während sie aber in der Klinik operiert wurden, hatten wir ein letztes Mal Zeit zur Wohnungssuche. Diese war voll möbliert, die Küche komplett ausgestattet. Die sauberen und hellen Zimmer hatten sofort einen guten Eindruck auf uns gemacht.

Als wir nun auf dem Sofa Platz nahmen, war ich sehr froh, endlich in der Wohnung zu sein. Leider war die Miete – wie vieles hier in Baltimore – sehr teuer, wir konnten aber innerhalb von drei Tagen kündigen und mussten nichts mehr kaufen – ideal für unseren Fall.

Tabea klopfte mit ihrer Hand an die Rückenlehne des Sofas und jauchzte vergnügt. Dieser neue Spielplatz gefiel ihr gut. Lea war noch damit beschäftigt, sich ihre Söckchen auszuziehen, hatte aber anscheinend auch nichts auszusetzen.

Peter lehnte erschöpft den Kopf zurück und schloss die Augen. »Ist das eine Hitze in dieser Stadt!«, jammerte er und wischte sich mit einem Taschentuch den Schweiß von der Stirn. »Nun ist mir auch klar, warum alle Wohnungen hier mit Klimaanlagen ausgestattet sind. Ohne die könnte man es bestimmt nicht aushalten«, konstatierte ich und fügte hinzu: »Gut, dass du unsere schon heute Morgen angeschaltet hast. So lässt es sich doch ganz gut ertragen.« Dann zog ich den Korb mit den Spielsachen heran und drückte beiden Mädchen eine bunte Rassel in die Hand. »Ihr erzählt Papa eine schöne Geschichte zur Erholung und Mama packt inzwischen die Koffer aus!«, scherzte ich mit den beiden und ging ins Schlafzimmer.

Am Abend hatte alles seinen Platz gefunden und das Leben einer deutschen Familie in »Big Baltimore« konnte beginnen.

Bereits am nächsten Tag erkundeten wir unsere Wohnsiedlung bei einem Spaziergang. Die Kinder waren gegen 6.30 Uhr erwacht und hatten ihre Milch getrunken. Wir zogen sie und uns schnell an und machten uns auf den Weg. Zu dieser frühen Stunde war noch kaum jemand auf den Beinen oder die Bewohner waren schon zur Arbeit gefahren. Wir genossen unseren gemütlichen Ausflug vor allen Dingen, weil es um diese Uhrzeit noch nicht zu heiß und schwül draußen war. Später würden es wieder wie immer 30°C oder mehr sein. Peter und ich beschlossen nun jeden Tag einen Früh-Spaziergang mit den Kindern zu machen.

➤ Peter auf der Terrasse mit den Mädels nach dem Morgenspaziergang in Baltimore

Gegen halb zehn frühstückten wir dann, während die Kinder zufrieden auf dem Fußboden spielten. Die frische Luft hatte sie wohl auch müde werden lassen, denn bald, nachdem wir ihnen noch ein Butterbrot gefüttert hatten, nickten sie auch schon ein.

Dieses Morgenritual schliff sich in den nächsten Wochen ein und bald kannten wir jeden Pfad rund um unser Haus und die wenigen Nachbarn, die einen Hund hatten und ihn früh spazieren führten.

Auch fürs Einkaufen hatten wir eine gute Lösung gefunden.

Als sie noch nicht so groß waren, konnte Peter mit den Mädchen allein zu Hause bleiben. Später fuhren wir manchmal alle vier, meist nach dem Mittagsschläfchen der Zwillinge, zum großen Einkaufszentrum in der Stadt. Peter setzte mich mit meinem Korb vor der Tür ab und fuhr dann mit den Kindern weiter. Während ich mich durch die riesigen Regale und ein übergroßes Angebot von Waren aller Art wühlte, umkreiste er mit Tabea und Lea den Parkplatz. Sie liebten Autofahren und besonders das Herumkurven im Kreis begeisterte sie. Es entlockte ihnen immer wieder freudige Schreie und Jauchzer. Ich stand inzwischen kopfschüttelnd im Laden und versuchte die Lebensmittel zu finden, die ich brauchte. Konnte ich in Deutschland immerhin zwischen vier Sorten Sahne-Frischkäse wählen, waren es hier mindestens zehn. Am meisten schockierten mich jedoch die Preise. Einmal kaufte ich zwölf Tomaten ein, sie kosteten elf Dollar, also umgerechnet ungefähr neun Euro. Wie konnten Tomaten im Hochsommer so viel kosten? Weil ein Toastbrot drei Dollar kostete und zudem auch nicht gut schmeckte, begann ich nach einiger Zeit, unser Brot selbst zu backen. Ein leckeres Vollkorn- oder kräftiges Graubrot waren ohnehin nicht zu bekommen.

Einige Zeit nach unserer Ankunft hatten wir eine kleine Mennoniten-Gemeinde am Stadtrand von Baltimore gefunden, in der wir mit den Kindern herzlich willkommen geheißen wurden. Besonders Lucy hatte uns ins Herz geschlossen. Sie sprach sehr gut Deutsch und hatte sich wohl vorgenommen uns zu helfen, wo sie nur konnte. Zum großen amerikanischen Nationalfeiertag, dem 4. Juli, wurden wir von ihrer Familie in deren Haus im Grünen eingeladen. Wir verbrachten einen schönen Tag mit netten Leuten und lachten viel über die kleinen sprachlichen Missverständnisse.

Jede Woche fuhren wir ins Johns-Hopkins-Krankenhaus. Dort wurde Flüssigkeit in die Silikonkissen an den Köpfen der Mädchen gefüllt. Dazu war hinter den Ohren eine Art Ventil gelassen worden, durch das ganz schmerzlos Kochsalzlösung fließen konnte.

Tabea und Lea hatten es inzwischen gar nicht mehr so gern, wenn fremde Leute sich an ihren Köpfen zu schaffen machten. Deshalb schrien sie aus Protest, sobald sie ins Krankenzimmer kamen. Wir waren aber sicher, dass es ihnen nicht wehtun konnte, denn sie begannen bereits zu weinen, bevor auch nur ein Milliliter eingefüllt war und hörten sofort auf, wenn keine Schwester oder Arzt mehr in Sicht war. Ab und zu befühlten sie interessiert die dicker werdenden Kissen unter der Haut und spielten an diesen merkwürdigen Körperausformungen herum.

Peter und ich gewöhnten uns schnell an den neuen Anblick und hatten auch bald keine Scheu mehr, wie immer mit den Zwillingen zu toben und zu kuscheln.

Eines Tages meinte Peter nach einem ausgiebigen Schmusestündchen mit unseren Kindern: »Ich genieße das Leben mit euch im Moment von der ersten bis zur letzten Minute. Haben wir es nicht schön hier? Eine kleine Wohnung für uns allein, ein Auto für Ausflüge, zwei ganz fröhliche Mädels und die hübscheste aller Frauen – manchmal vergesse ich für einen Moment, warum wir hier sind.« Er nahm mich in den Arm und drückte mich liebevoll an sich. Nun war ich etwas verlegen wegen seiner kleinen Ansprache und wollte schon mit einem Witz antworten. Aber dann sah ich in sein Gesicht und merkte, dass es ihm ganz ernst war. Es war nicht die Zeit für flotte Sprüche. Mein Mann dachte weiter laut nach: »Wie gut, dass wir die Spendengelder aus Deutschland haben. Stell dir vor, wir müssten uns nicht nur um die Gesundheit unserer Kinder, sondern auch noch um jeden Cent Sorgen machen, den wir ausgeben. Von unseren Ersparnissen hätten wir hier kaum zwei Wochen leben können!« Peter hatte Recht, das Einkaufen war wegen der hohen Preise nicht gerade meine Lieblingsbeschäftigung. Aber ich dachte noch an etwas anderes. »So geht es mir auch, Peter«, antwortete ich deshalb ehrlich, »manchmal macht es mir aber Angst, dann frage ich mich: ›Geht es uns nächsten Sommer auch so gut?‹ Am liebsten hätte ich alles schon hinter mir.« Mein Mann dachte eine Weile nach und meinte dann: »Weißt du noch, was du letztes Jahr gesagt hast? Du wolltest jeden Tag einzeln aus Gottes Hand nehmen und immer wieder neu entscheiden, wie es danach weitergehen wird. Lass uns dabei bleiben. Wir wollen Gott für all das Gute danken und uns nicht zu viele Sorgen um morgen machen.«

Tabea hatte inzwischen das Quietsche-Entchen gefunden und drückte es immer wieder. Sobald das Quietschen dann zu hören war, versuchte sie lauter zu kreischen als die Ente. Man hatte fast den Eindruck, sie wolle die gleiche Tonlage treffen und quietschte mit dem Gummitier um die Wette. Das war so lustig, dass wir uns nicht mehr weiter unterhalten konnten, sondern lachen mussten. Lea dagegen fand das Gekreische hinter ihrem Rücken überhaupt nicht witzig und begann zu weinen. Das war ihr wohl einfach zu laut. Peter und ich lenkten die Mädels mit einem fröhlichen Bewegungsspiel ab, bis sie beide wieder lachten. Schließlich spielten beide wieder friedlich mit allem, was sie fanden und erzählten dabei ganze Silbenromane.

Wir freuten uns sehr, dass wir immer wieder Besuch von unseren Familien aus Deutschland bekamen. Es war gut in unserer Wohnung ein zusätzliches Zimmer für unsere Gäste zu haben.

Peters Mutter war die Erste, die es für zwei Wochen bewohnte. Die Zwillinge spielten gerne wieder einmal mit der Oma oder ließen sich von ihr im Kinderwagen in der Wohnung herumfahren. Peter und ich nutzten die Zeit, um auch ab und zu alleine spazieren zu gehen und uns ungestört unterhalten zu können. Ebenso wie ich staunte meine Schwiegermutter über das unglaublich große Einkaufszentrum. Wir nahmen uns einen Tag Zeit, um die Geschäfte dort zu erkunden. Am Abend hatten wir hübsche und günstige Kleidung für Tabea und Lea gekauft, aber noch längst nicht alle Läden dort gesehen.

Eines Tages lernten wir ein nettes Au-Pair-Mädchen aus Deutschland kennen. Als Peters Bruder Benni zu Besuch kam, lud sie uns an einem wunderschönen Sommernachmittag auf das Anwesen ihrer Gastfamilie ein. Dort durften wir den Pool nutzen und uns mit den Zwillingen auf der großen Wiese im Schatten vergnügen. Während Peter mit seinem Bruder Wettschwimmen und Kunstspringen von der Badeinsel veranstaltete, spielten wir mit den Mädchen auf der Krabbeldecke.

So vergingen die ersten drei Monate des Sommers mit vielen Besuchen, Erkunden der Umgebung Baltimores, Behandlungen in der Klinik und fröhlichen Tagen mit unseren Kindern.

• 18. Happy Birthday •

• An manchen Tagen war die Hitze in Baltimore schier unerträglich. Die Sonne brannte erbarmungslos und bereits ab 10 Uhr morgens konnte man es auf unserer Terrasse nicht mehr aushalten. Als ich gerade wieder einmal einen Wäscheständer mit nassen Sachen hinausstellte, kam mir die Idee: »Was hältst du davon, wenn wir hier vorne an den Holzbalken der Terrasse so eine Jalousie aus Stroh befestigen? Wenn wir eine beigefarbene nehmen, sieht das zur Klinkerfarbe bestimmt ganz schön aus und unsere Mädchen könnten ab und zu mal hier draußen an der frischen Luft spielen.« Peter kam heraus, untersuchte die Holzbalken und meinte: »Das ist eine gute Idee. Sieh mal, die anderen haben teilweise auch so weiße Jalousien vor der Terrasse. Das könnten wir sicher machen.« »Heute weht sogar ein leichtes Lüftchen, da wäre es hier draußen vielleicht ganz schön«, vermutete ich. Mein Mann ließ sich nicht lange bitten und fuhr gleich zum »Lowe's«, dem großen Supermarkt in der Nähe. Strahlend kam er mit einer Jalousie für nur 20 Dollar wieder und befestigte den Sonnenschutz mit wenigen Handgriffen. »Wunderbar!«, freute ich mich und stellte den Kinderwagen gleich in den Schatten. Dann sagte ich zu Tabea: »So, kleiner Bär, hier könnt ihr gleich ein Nickerchen an der frischen Luft machen.« Lea schlief bereits und ich setzte mich mit einem Buch zu unseren Kindern.

Eine Woche später stellte ich gerade wieder Wäsche hinaus, als ein Mann vor mir auftauchte. Er fuchtelte aufgeregt mit den Armen und zeigte auf die Jalousie. Dann fragte er auf Englisch: »Wer hat das da aufgehängt, haben Sie das etwa gemacht?« Etwas unsicher antwortete ich: »Ja, das waren wir.« »Wohnen Sie in dieser Wohnung?«, erkundigte er sich weiter. »Wir haben sie für ungefähr ein halbes Jahr gemietet«, informierte ich ihn. »Wir kommen aus Deutschland.« »Sie dürfen das hier nicht aufhängen, entfernen Sie die Jalousie sofort wieder!«, befahl er. Ich war erstaunt. Die anderen Wohnungen hatten doch auch Jalousien. Im weiteren Gespräch erklärte er mir, dass man aber nur eine bestimmte Sorte von Sonnenschutz hier aufhängen dürfe; im Eingangsbereich der Häuser hinge ein Zettel, ob wir den denn nicht gesehen hatten? Ich musste das bedauernd zugeben. Als der Mann merkte, wie sehr ich mich bemühte, seinen aufgeregten englischen Sätzen zu folgen und zu antworten, wurde er etwas freundlicher und ergänzte: »Ich bin hier der Hausmeister. Man hat sich über Ihre Jalousie gestern in der Ratssitzung beschwert, weil sie nicht den Regeln entspricht. Was machen Sie denn hier in Baltimore?« Ich erzählte ihm, dass wir im Johns Hopkins in Behandlung seien. Nun war er recht erschrocken und fragte: »Wer ist denn krank? Ihr seid extra aus Deutschland hergekommen?« »Unsere Kinder werden hier von Dr. Carson operiert, es sind Zwillinge.« Jetzt nickte der Hausmeister ehrfürchtig, Professor Carson war selbstverständlich in ganz Baltimore bekannt. Dann fragte er weiter: »Ihr habt Zwillinge? Doch wohl nicht etwa siamesische?« Als ich das bestätigte, nickte er wieder mitleidig und verstehend. Er meinte jedoch, dass er auf einen Wechsel der Jalousie bestehen müsse, auch meine Wäsche sollte ich nicht rausstellen. Schließlich hätte ich einen Trockner und auf der Terrasse dürften laut Mietvertrag nur zwei Stühle und ein Tisch stehen. Er verabschiedete sich freundlich und ich ging gleich in den Hausflur, um die besagte Mitteilung zu lesen. Tatsächlich war da genau die Marke und die Bezugsadresse der erlaubten Sonnenschutz-Jalousie angegeben. Auch der Preis stand dabei: 380 Dollar plus 40 Dollar Versandkosten. Ich hielt die Luft an. Das war doch unglaublich! Wir sollten 420 Dollar für eine weiße Jalousie bezahlen, obwohl fast die gleiche in Beige nur 20 Dollar kostete! Peter und ich besprachen das und waren der Meinung, dass wir die freundlichen Spendengelder aus Deutschland auf keinen Fall für diese sinnlose Vorschrift verschwenden wollten.

Es wurde August und der erste Geburtstag unserer Mädchen rückte näher. Nun kamen Peters Schwester Helene und meine Schwestern Eleonore und Irene aus Deutschland, um mit uns zu feiern. Irene wollte sogar bei uns bleiben, bis wir selbst wieder zurück nach Hause flögen. Für diese Zeit konnte sie ihr Arbeitsverhältnis, dank der freundlichen Chefin, fünf Monate ruhen lassen, um uns zu helfen.

In ausgelassener Stimmung backten die drei am 9. August einen Geburtstagskuchen für ihre Nichten und packten die Geschenke in buntes Papier ein. Eleonore kicherte: »Wenn der Stern gleich zum Fotografieren kommt, muss alles schön aussehen, Mädels!« Helene verzierte noch den Kuchen und meinte: »Hoffentlich werden die Fotos schön!« Wir hatten unseren Spaß und die Kinder lagen fröhlich brabbelnd auf dem Fußboden. Ab und zu sah ich nach ihnen. Eigentlich lagen sie zu Anfang auf einer Decke, ein Kissen unter den Köpfen, damit sie es bequemer hatten. Schon bald entdeckten sie aber etwas sehr Interessantes in der näheren Umgebung, das sie unbedingt erreichen wollten. Lea machte sich dann zielstrebig auf den Weg. Sie zog und drückte ihre kleinen Beinchen so lange hin und her, bis sie dort angekommen war, wo sie hin wollte. Während Lea robbte, musste Tabea wohl oder übel hinterher, fand aber unterwegs allerlei Neues heraus. So hatte sie die Decke vom Sofa gezogen, als ich das nächste Mal nachschaute, und Lea lag bereits unter dem Tisch und versuchte die Platte mit ihren Beinen hochzustemmen. Schnell rettete ich sie, indem ich den Tisch wegstellte. Lea protestierte aber lautstark und zog wütend an der Decke, die Tabea ihr inzwischen ins Gesicht geworfen hatte. Ich holte zwei leere Pizzakartons und gab sie den Mädchen in die Hände. Sofort wurden sie ruhig und betrachteten interessiert das bunte Bild, dabei drehten sie den riesigen Karton hin und her. Für eine Weile war Ruhe.

Ich bat Irene, auf die beiden Krabbelmäuse aufzupassen. Dann gesellte ich mich zu Peter, der auf der Terrasse saß. »Sechs Frauen in meinem Haus, wie soll ich das aushalten?«, scherzte er. »Oh ja, du armer Mann, das schaffst du schon!« Ermutigend klopfte ich auf seine Schulter. Dann setzte ich mich auf seinen Schoß. »Weißt du noch, letztes Jahr?«, flüsterte ich in sein Ohr. Ich schloss die Augen und lehnte mich an seine Schulter. »Wie könnte ich das vergessen?«, langsam streichelte er mir über den Rücken. »Das war eine spannende Zeit«, sprach er weiter, »aber die Mädels waren von Anfang an so niedlich und bald haben wir es gelernt, wie man sie richtig versorgt.« Ich genoss seine Nähe, aber mein Herz wurde schwer bei dem Gedanken an die bevorstehende Trennungsoperation. »Vielleicht müssen wir sie bald wieder hergeben«, antwortete ich. Peter meinte: »Ja, vielleicht. Wir sollten Gott darum bitten, dass wir es nun auch lernen, Tabea und Lea wieder loszulassen.« »Ich hoffe, dass ich das schaffe«, wünschte ich mir. Unser Gespräch wurde durch die Fotografin unterbrochen, die gerade auf den Parkplatz fuhr und zu uns herüberkam.

Wir standen auf und gingen hinein. Der Tisch war bereits gedeckt, wir legten die Zwillinge wieder in ihren Kinderwagen und die Feier konnte beginnen.

Peter und ich zündeten Wunderkerzen an. Tabea und Lea wollten die sprühenden Lichter am liebsten gleich anfassen, aber ihre Aufregung ließ nach, als sie erloschen waren. Irene drückte jeder ein Geschenkpäckchen von ihrer Urgroßmutter aus Deutschland in die Hand. Die Mädchen schüttelten das bunte Kästchen und rissen am Geschenkpapier. Als wir ihnen schließlich beim Auspacken geholfen hatten, stand erst einmal das bunte Papier im Mittelpunkt ihres Interesses. Dann jedoch wandten sie sich den kleinen Spielzeughandys zu, die darin gewesen waren und strampelten vor Vergnügen mit den Beinchen. Als wir die Telefone auch noch einschalteten und sie bei jeder Berührung der Tasten Geräusche machten oder Musik spielten, wollten die Zwillinge die bunten Plastikspielzeuge gar nicht mehr hergeben. Sie kauten ausgiebig darauf herum und hielten sie in Richtung ihrer Ohren, bis wir sie mit einem Stück Kuchen ablenkten.

Nicht nur Tabea und Lea genossen die Geburtstagsfeier, auch wir Erwachsenen waren an diesem Tag rundum zufrieden.

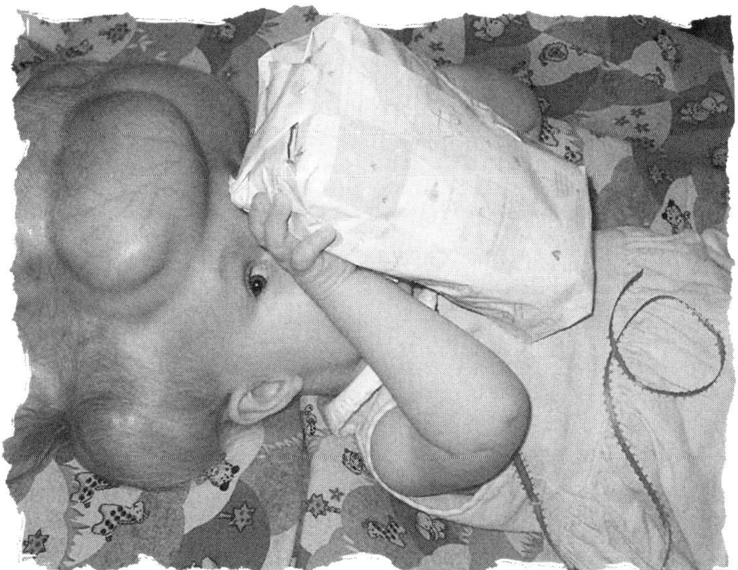

Lea beschnuppert ihr Geburtstagsgeschenk

Am 18. August fand in der Klinik die Vorbesprechung zur Trennungsoperation mit Dr. Carson statt. Er beschrieb uns genau, wie er bei der OP vorgehen wollte und welche Komplikationen eintreten könnten. Sehr nüchtern und realistisch sprach er alle Konsequenzen an. Dabei machte er immer wieder klar, dass eines der Kinder oder auch alle beide sterben könnten. Außerdem bestand die Möglichkeit einer schweren Behinderung nach dem Eingriff. Mir schwirrte der Kopf von so vielen Fakten und medizinischen Ausdrücken. Dr. Polster war bei uns und erklärte genau, was Dr. Carson meinte, und sorgte dafür, dass wir auch alles richtig verstanden.

Gerade, als ich schon ganz mutlos war, weil das Risiko hoch war, dass Tabea und Lea sterben könnten, erklärte Dr. Carson: »Trotzdem sind die Chancen Ihrer Mädchen gut, die Operation gesund zu überstehen. Wenn sie nicht operiert werden, können Sie ihnen kein menschenwürdiges Leben ermöglichen. Außerdem ist die Lebenserwartung sehr gering.« Ich erschrak und fragte nach: »Wie meinen Sie das?« »Die Gehirne liegen sehr dicht beieinander, sie können kaum wachsen und es kann zu schweren neurologischen Ausfällen kommen. Eventuell werden die Zwillinge nur zwei Jahre alt, vielleicht auch mehr, und wenn eines der Mädchen stirbt, wird auch das Leben des anderen kurz danach zu Ende sein.« Diese Neuigkeit musste ich erst einmal verarbeiten. Ich wusste schon, dass die Lebenserwartung nicht hoch war, aber mit einem so frühen möglichen Tod unserer Kinder hatte ich nicht gerechnet.

Später fragten wir noch einiges zur Operation und unterschrieben unsere Einwilligung.

Dass Dr. Carson an diesem Nachmittag mit uns so offen und ehrlich über alles gesprochen hatte, half uns in den nächsten Wochen dabei, uns auf verschiedene Konsequenzen der Operation innerlich vorzubereiten. Wir wussten nun, dass wir die Möglichkeit des Sterbens von Tabea oder Lea oder auch beiden in unsere Gedanken einbeziehen mussten. Das war ein Grund mehr für uns, Gott um ein Wunder zu bitten und einen guten Operationsausgang zu erhoffen. Uns war klar geworden, dass begabte Mediziner wie Dr. Carson viele Leistungen erbringen und große Fähigkeiten haben. Aber Leben zu schenken und es zu erhalten, lag allein in Gottes Hand.

• 19. Die Operation beginnt •

• Es war kurz vor neun Uhr morgens, der 10. September 2004. Ich war noch dabei einige Sachen einzupacken, denn um zehn Uhr sollten wir in der Klinik sein. Heute würden die Vorbereitungen für die Trennungsoperation beginnen. Ich war aufgeregt, aber auch erleichtert, dass das Warten nun endlich ein Ende hatte. Gerade legte ich einige Spielsachen für Tabea und Lea in den Korb, mit denen wir sie beschäftigen wollten, falls wir doch noch warten mussten. Da klingelte das Telefon. Meine Schwiegermutter rief an. Wir sprachen kurz miteinander und sie versicherte mir, dass sie in den nächsten Tagen für uns und die Kinder beten würden. Dann fragte sie: »Nelly, seid ihr bereit, die Kinder abzugeben?« Es fühlte sich an, als ob mein Herz ein Stück tiefer rutschte, denn ich wusste genau, dass sie nicht nur das Abgeben an die Ärzte im OP meinte. Ich antwortete: »Wir versuchen es zumindest. Wir haben die Mädchen aus Gottes Hand angenommen und nun wollen wir sie wieder in seine Hand zurückgeben, wenn er es will.« Sie meinte: »Wir beten für euch, dass es nicht nur Worte sind, Nelly. Wir wünschen euch viel Kraft dafür. Wirklich alles zu akzeptieren, was passieren könnte, ist sehr schwer. Auch für uns.« Sie schluckte und ich merkte, dass ihr das Sprechen nun Mühe machte. Darum sagte ich schnell: »Wir danken euch, Mama. Bitte grüßt alle von uns, wir müssen bald los. Wir rufen euch sofort an, wenn es Neuigkeiten gibt.« Wir verabschiedeten uns und ich legte auf. Einen Moment blieb ich noch mit der Hand am Telefon stehen. Einerseits war ich über die direkten Worte meiner Schwiegermutter überrascht, andererseits war ich auch froh und dankbar dafür, dass sie sich so sehr mit uns sorgten und beteten. Es war so gut, nicht allein zu sein.

Wenig später erschienen wir in der Klinik und wurden in ein Vorbereitungszimmer gebracht. Eine Schwester kam und stellte die üblichen Fragen hinsichtlich der Medikamente und Allergien. Die Zwillinge bekamen die Namensbändchen. Langsam wurden die Kinder unruhig, da sie schon sehr hungrig waren, denn sie hatten seit Mitternacht nichts mehr gegessen. Bald erschien der Anästhesist und gab ihnen »K.O.-Tropfen«, die sie beruhigen und auf die Narkose vorbereiten sollten. Als sie etwas ruhiger wurden, wurden wir in den Operationsbereich geführt und mussten vor dem eigentlichen OP-Saal warten, bis alles vorbereitet war. Wir hatten nun schon oft erlebt, wie unsere Kinder nach diesem »kleinen Schnäpschen«, wie Peter zu sagen pflegte, plötzlich anfingen laut zu lachen. Auch heute begann die Wirkung des leichten Narkose-Mittels mit Gelächter. Dann aber atmete Lea plötzlich sehr laut und Peter, der auf ihrer Seite wachte, bekam es mit der Angst zu tun. Gleichzeitig verkrampfte sich Tabea und hielt mich fest, als wollte sie mich nie mehr loslassen. »Oh Gott«, dachte ich, »was steht unseren Kindern noch alles bevor? Vielleicht sehen wir sie nun zum letzten Mal lebend …« Ich wurde langsam nervös und Peter fragte eine OP-Schwester, ob sie nicht nach der korrekten Wirkung des Mittels schauen könnte. Tabea hielt meine Haare und mein Gesicht immer noch fest. Mein Herz wurde schwer. Bald wurden wir in den OP-Saal gerufen und legten die Kinder auf den OP-Tisch. »Du musst mich jetzt loslassen, Tabea«, flüsterte ich, »Gott passt jetzt auf dich auf.«

Langsam beruhigten sich beide Kinder und wurden still. Die Narkose begann nun zu wirken, Tabea schlief ein und der Griff um meinen Finger lockerte sich. Auch Lea war eingeschlafen. Ich ging zu ihr herum, um mich auch von ihr zu verabschieden. »Bis später, liebe Lea«, flüsterte ich hoffnungsvoll. Nun musste ich sie wirklich abgeben.

Stunde um Stunde hatten wir das besprochen, das Für und Wider abgewogen und gefunden, dass eine Operation die einzige Möglichkeit sei, den Mädchen ein selbstständiges Leben zu ermöglichen. Jetzt war es so weit und ich konnte nur beten, dass Gott das Ärzteteam segnete.

Die Tür zum Operations-Saal schloss sich und wir standen auf dem Flur. Nun war es tatsächlich so weit, wir waren allein – die Kinder hatten wir nun abgegeben. Als wir uns umdrehten, sahen wir Carol. Sie umarmte uns liebevoll und sagte: »Es ist wirklich schwer für euch, die Kinder dazulassen. Aber ich versichere euch: Sie sind in guten Händen.« Dankbar dachte ich: »Sie ist wie eine Mama zu uns – unsere Mama in Amerika.« Bis zu jenem Tag hatte Carol alle organisatorischen Dinge übernommen, damit die OP überhaupt stattfinden konnte. Sie war sozusagen die rechte Hand Dr. Carsons. So hatte sie zum Beispiel das Kochteam und die Sicherheitsleute organisiert.

Nun begann die Zeit des Wartens. Am heutigen Freitag sollten in einem kürzeren Eingriff zunächst alle Zugänge gelegt werden, die für die Versorgung der Kinder nötig waren. Auch die zentralen Venenkatheter, die direkt bis zum Herzen führten und mit denen Medikamente und Blut zugeführt wurden, waren dabei. Peter und ich hatten uns dagegen entschieden, die Kinder nach dieser ersten Operation noch einmal zu besuchen. Ich stellte es mir schrecklich vor, sie mit den vielen Schläuchen und Zugängen an den Körpern zu sehen und wollte lieber darauf verzichten.

Deshalb richteten wir uns mit Irene im Childrens House ein und verbrachten die Zeit mit Lesen und unruhigem Auf- und Abwandern im Haus. Erleichtert nahmen wir am Nachmittag den Anruf von Alexa entgegen, dass alles gut verlaufen sei und die Kinder nun auf der Intensivstation überwacht würden.

Am Abend kamen Dr. Polster und Dr. Bruns vom Flughafen an. Nachdem sie uns begrüßt hatten, begleiteten wir sie bis zur Intensivstation, denn sie wollten unbedingt Tabea und Lea noch einmal sehen. Die Ärzte gingen ins Zimmer, wir warteten draußen auf dem Flur. Wenig später kamen sie zurück und meinten, dass es eine gute Entscheidung unsererseits gewesen war, die Mädchen nicht mehr zu besuchen. Der Anblick der vielen Versorgungs-Zugänge sei schon etwas gewöhnungsbedürftig. Wir hörten auch, dass jedes Kind eine eigene Nachtschwester hatte, die jede Minute bereitstand, falls es nötig sei.

Es war eine große Erleichterung für Peter und mich, dass die beiden Kinderärzte aus Deutschland da waren. Wir hatten großes Vertrauen zu ihnen und wussten, dass sie uns ehrlich über alles informieren würden. Sie sollten während der gesamten Operation zwischen uns und dem OP-Team vermitteln. Schon bei den Voruntersuchungen war es Dr. Polster ausgezeichnet gelungen, das »Fachchinesisch« für uns verständlich zu machen.

Dr. Bruns hatte wesentlich dazu beigetragen, dass die Operation nun stattfinden konnte. Bereits in Lemgo hatte er unsere Zwillinge als behandelnder Arzt gut kennen gelernt und alles für uns in Erfahrung gebracht, was wir wissen mussten. Auch hier stand er uns mit seiner Kompetenz zur Verfügung.

Nach diesem Gespräch konnten wir beruhigt schlafen gehen. Wir legten Tabea und Lea mit einem Gebet in Gottes Hand und versuchten etwas Ruhe zu finden.

Am nächsten Morgen klingelte das Telefon bereits um kurz vor sieben. Wir waren schon aufgestanden, denn gegen sieben Uhr sollte die Trennungsoperation beginnen. Peter nahm das Gespräch an, lauschte und sagte dann nur: »Ja, wir kommen sofort.« Mir wurde heiß. Wieso sollten wir sofort kommen? Das konnte nur eine schlechte Nachricht sein. »Sie können noch nicht mit der OP beginnen«, informierte Peter mich und Irene, während er nach seiner Jacke griff. »Irgendetwas ist anscheinend nicht in Ordnung.« Wir eilten im Laufschritt hinaus und waren nach zwei Minuten in der Klinik.

Mit klopfendem Herzen gingen wir direkt zum OP-Bereich. Schon im Flur der OP-Säle trafen wir die ersten Sicherheitsbeamten, die an diesem Tag aufgestellt waren. Niemand von der Presse durfte diesen Bereich betreten, nur die Ärzte und wir als Familienangehörige hatten Zutritt.

Vor dem Operationssaal warteten wir nur ganz kurz. Ich trat nervös von einem Bein aufs andere und versuchte mich zu beruhigen, da sahen wir auch schon Dr. Carson auf uns zukommen. Er begrüßte uns und sagte dann mit ernstem Gesicht: »Wir können noch nicht mit der Operation beginnen. Eben haben wir überprüft, ob noch alle Zugänge, Katheter und Schläuche richtig liegen. Anscheinend ist heute Nacht ein wichtiger Schlauch leicht verrutscht und bei Tabea hat sich darum etwas Flüssigkeit in der Lunge gesammelt. Das kann schon einmal passieren und muss Sie nicht weiter beunruhigen. Aber wir müssen natürlich erst wieder alles in Ordnung bringen, bevor es losgehen kann.«

Ich war sehr erleichtert, dass nichts Schlimmes passiert war und gleichzeitig auch besorgt, wie es nun weitergehen würde. Als Dr. Carson gegangen war, nahm Peter mich in den Arm und sagte: »Tabea wird es schaffen, unser kleiner Bär, du wirst sehen!«

Und wieder war Carol da. Sie ermutigte uns und führte uns in den »Garret-room«, ein Konferenzzimmer, in dem ein Frühstück für uns bereitstand. Dieser Raum diente für uns während der OP als Aufenthaltsraum. Hier trafen wir uns auch mit den Ärzten, um den aktuellen Verlauf der OP zu besprechen. Alexa kam dazu und wir frühstückten zusammen. Dann gingen wir wieder zurück ins Zimmer.

Nach zwei Stunden, wie vereinbart, rief uns Dr. Polster an. Ich zuckte beim Klingeln des Telefons zusammen. »Die Kinder sind wohlauf – das Problem ist beseitigt. Sie werden gerade auf den Spezialtisch umgelegt.« Erleichtert riefen wir in Deutschland an. Unsere Eltern würden die Nachrichten an die Gebetstreffen in der Gemeinde und an unsere Freunde weiterleiten, die heute für unsere Kinder beteten. Auch wir beteten immer wieder. »Ich weiß nicht, wie ich die Situation ohne Gebet überstehen würde«, meinte Peter zu uns. »Dass Gott uns hört, ist der größte Trost für mich.« »Die Gemeinde betet auch viel für euch«, ergänzte Irene. Wir wussten das und erlebten seit vielen Monaten jeden Tag, wie sehr uns diese Gewissheit half. So viele Menschen waren innerlich mit uns verbunden. Gott hatte uns bisher immer genug Kraft geschenkt und manchmal kleine Wunder. In den eineinhalb Jahren, seitdem wir wussten, dass wir siamesische Zwillinge bekamen, hatte Gott unseren Glauben wachsen lassen. Wir lernten ihm zu vertrauen und verließen uns darauf, dass er es am Ende gut machen würde.

Trotzdem war es ein weiter Weg von dieser Zuversicht bis zu meinem unruhigen Herzen. Meine Nerven waren zum Zerreißen gespannt, ich konnte mich auf nichts konzentrieren. Immer wieder dachte ich auch daran, dass Gott manchmal Dinge zulässt, die wir nicht verstehen. »Vater im Himmel, gib mir doch Ruhe und lass mich dir ganz vertrauen«, betete ich innerlich, »und kümmere du dich um Tabea und Lea, führe die Hände der Ärzte, gib ihnen Weisheit und lass die Operation gelingen!«

Wir wollten uns gerade an den Mittagstisch setzen, da klingelte das Handy erneut: »Die Operation hat jetzt gerade begonnen«, sagte Dr. Bruns.

»Die Kinder sind stabil, alles ist in bester Ordnung.« Wir waren erleichtert und beschlossen kurzerhand, nach dem Mittagessen einen kleinen Spaziergang auf dem Broadway zu machen.

Um 14.30 Uhr erreichte uns eine Nachricht von Dr. Polster. »Die erste Phase der Operation ist gut gelaufen«, teilte er uns mit. »Die plastischen Chirurgen haben die Expander entfernt, die die Kopfhaut gedehnt haben. Jetzt wird bereits die Knochenhaut entfernt und der Knochenstreifen herausoperiert.«

Meine Anspannung ließ etwas nach. Alles schien gut zu gehen. Wir verabredeten mit den deutschen Ärzten, uns um 16.00 Uhr zum Essen im Konferenzzimmer zu treffen.

Während dieses Gesprächs unterrichtete uns Dr. Polster darüber, dass die Trennung der Zwillinge ohne Probleme und sogar schneller als geplant verlief. Dazu brachte er den Zeitplan der OP mit, den Dr. Carson für die beteiligten Ärzte zusammengestellt hatte. Mittlerweile waren die ersten Venen getrennt worden; nun wollten die Ärzte am Hinterkopf unserer Mädchen weiteroperieren.

Das waren gute Nachrichten. Beruhigt gingen Peter und ich ins Childrens House, um uns ein wenig abzulenken.

»Wenn jetzt alles so gut läuft, können wir doch einmal schnell in die Wohnung fahren und noch ein paar Sachen holen, oder?«, fragte ich Peter. Er schaute auf die Uhr. »Samstagabends ist nicht viel Verkehr. Wir können in einer Stunde wieder hier sein. Ruf noch schnell Dr. Polster an und sag ihm Bescheid.« Trotz mehrerer Versuche konnte ich weder Dr. Bruns noch Dr. Polster erreichen. Ich hinterließ eine Nachricht und wir fuhren los.

• 20. Gespanntes Warten •

• Wir fuhren gerade auf dem Highway zurück zur Klinik, als das Handy klingelte. Ich sah auf dem Display, dass es unsere Übersetzerin war. »Alexa!«, rief ich und hörte eine Sekunde später: »Nelly, wo seid ihr und wisst ihr, wo sich Dr. Polster befindet? Ich kann ihn nicht erreichen und hier ist irgendetwas nicht in Ordnung.« Ihre Stimme klang ängstlich und meine Hand krampfte sich um das kleine Telefon. »Was ist denn nicht in Ordnung?«, fragte ich besorgt und Peter sah entsetzt zu mir herüber. »Ich weiß es auch nicht«, antwortete sie. »Ich versuche ihn oder Dr. Bruns zu erreichen.« Sofort wählte ich die Nummer von Dr. Polster, dann von Dr.

Bruns, aber hatte keinen Erfolg. Peter fuhr nun schneller, doch bis zur Klinik würden wir sicher noch zwanzig Minuten benötigen. Das Handy klingelte erneut. Diesmal rief ich Peter zu: »Polster!« Da die Operation so gut voranging, hatten sich unsere beiden deutschen Kinderärzte in einen anderen Raum begeben, um sich die Computerdarstellung der Gehirne genauer anzuschauen. Hier erreichte sie die Nachricht unseres Anrufs. Blitzschnell lief Dr. Polster die fünf Etagen in das Übertragungszimmer hoch. »Ich versuche herauszufinden, was passiert ist. Ich melde mich, sobald ich Genaueres weiß«, sagte er noch ganz außer Atem und wir legten wieder auf. Die Häuser flogen an uns vorbei, zum Glück war heute Abend tatsächlich nicht viel los und wir kamen zügig voran. Nur wenige Minuten später meldete sich Dr. Polster: »Tabea wird gerade reanimiert. Sie müssen so schnell kommen, wie es geht!«, bat er eindringlich. Als ich aufgelegt hatte, klingelte es schon wieder. Es war noch einmal Alexa. »Tabea wird wiederbeatmet, ihr müsst kommen!«, sagte sie voller Panik. Mein Herz schlug nun bis zum Hals, vor Angst konnte ich kaum sprechen. »Unsere Tabea wird wiederbelebt«, krächzte ich Peter zu. »Oh Gott!«, stöhnte er entsetzt und seine Hände krampften sich um das Lenkrad. Dann fing er tatsächlich an laut zu beten, während er noch schneller versuchte das Ziel zu erreichen. Wir beteten wieder für unsere Kinder und das Ärzte-Team, aber wir baten Gott auch darum, uns auf der Fahrt zu bewahren. Meine Hände waren nun nass geschwitzt und hielten das Handy krampfhaft fest. Es klingelte. Zitternd meldete ich mich. »Tabea ist wieder stabil«, Dr. Bruns gab Entwarnung, »wann können Sie hier sein? Kommen Sie gleich in das Konferenzzimmer, wir warten dort auf Sie!«

Die Gedanken rasten durch meinen Kopf, während Peter die waghalsige Fahrt zum Johns Hopkins fortsetzte. Was war passiert? Warum musste Tabea wiederbelebt werden? War jetzt alles aus? Starben unsere Mädchen? Musste die OP abgebrochen werden? Ich konnte nichts zu Ende denken und hielt mich am Griff über der Tür fest.

Als ich die Autotür hinter mir schloss, schickte ich ein Dankgebet zum Himmel, dass wir keinen Unfall verursacht hatten. Mein Mann schien auch außer sich vor Sorge zu sein, doch zum Reden war keine Zeit. Im Laufschritt erreichten wir das Konferenzzimmer in der Klinik, wo Dr. Polster und Dr. Bruns uns bereits erwarteten. »Die Ärzte haben die Situation wieder im Griff. Tabea ist stabil. Wir müssen abwarten, wie das Team entscheidet weiterzumachen«, informierte uns unser Kinderarzt.

Nach wenigen Minuten öffnete sich die Tür und die Chef-Anästhesistin Frau Dr. Schwengel kam mit Dr. Carson herein. »Die Mädchen sind wieder stabil«, gab die Ärztin bekannt, »aber wir haben beschlossen, die Operation zunächst zu unterbrechen.«

Entmutigt sank ich auf einen Stuhl. Das war eine schlimme Nachricht. Es musste Tabea sehr schlecht gegangen sein, dass sie sich so entschieden hatten.

Dr. Carson erklärte dann ganz genau, was passiert war. »Bei Tabea traten Herzrhythmusstörungen auf. Langsam setzte das Team seine Arbeit fort. Nach kurzer Zeit schwankte der Blutdruck erneut und es kam zu einem kurzen Herzstillstand. Dank dem gezielten Eingriff der Anästhesisten konnte sie schnell wiederbelebt werden. Wir haben versucht, sie zu stabilisieren, aber nach kurzer Zeit sackte der Blutdruck erneut ab, das Herz hat nicht mehr richtig gearbeitet. Daraufhin hat das ganze Team gemeinsam entschieden, die Operation zunächst abzubrechen.« Ich nickte wortlos und versuchte nachzuvollziehen, was Dr. Carson gerade erklärt hatte. Ein Herzstillstand, das Herz unserer kleinen Tabea hatte kurz aufgehört zu schlagen! Dr. Carson berichtete weiter, während Peter mich durch seine Umarmung zu stärken versuchte. »Die plastischen Chirurgen werden die Köpfe nun provisorisch schließen. Sie werden die Expander wieder hineinlegen, damit die gewonnene Haut nicht verloren geht. Bis jetzt ist alles sehr gut verlaufen. Wir wissen nicht, warum es Tabea plötzlich so schlecht ging. Wir werden uns noch mit den Anästhesisten zusammensetzen und den Verlauf genau durchsprechen, um das Problem vielleicht erklären zu können. Wenn so weit alles abgeschlossen ist, werden die Kinder auf die Intensivstation gebracht, dort hat Tabea Zeit, sich zu erholen.« Peter räusperte sich. »Werden Sie die Operation fortsetzen? Wann wird das möglich sein?« Dr. Carson sah uns nacheinander direkt an und antwortete dann: »Beten Sie weiter, dass wir die Trennung fortsetzen können.« Plötzlich klingelte Peters Handy. Eine SMS war angekommen. Er konnte sie nicht sofort lesen, denn Dr. Carson sprach weiter. »Wir müssen abwarten wann das der Fall sein kann. Wir werden die Kinder über Nacht beobachten. Morgen früh messen wir dann die Werte nochmals. Danach können wir entscheiden und womöglich gleich am Morgen weitermachen. Vielleicht ist das aber auch erst in ein paar Tagen möglich – das kann ich jetzt noch nicht sagen.« Mit dieser Antwort sank mein Mut. Warten, schon wieder warten und jetzt noch länger! Die ganze Zeit mussten die Kinder mit Medikamenten versorgt werden und wurden künstlich im Koma gehalten. Das Infektionsrisiko war sehr hoch.

Nachdem Dr. Schwengel und Dr. Carson alles erklärt hatten, machten wir uns mit unseren deutschen Ärzten auf den Weg in unser Zimmer. Endlich konnte Peter die SMS lesen. Sie kam von Mama Block, die mitten in der Nacht an uns dachte. Sicher hatte Gott ihr diese Idee geschenkt – das Handy um 2.00 Uhr nachts zu holen und uns eine ermutigende Nachricht zu schicken. »Ich hebe meine Augen auf zu den Bergen, woher kommt mir Hilfe? Meine Hilfe kommt vom Herrn, der Himmel und Erde gemacht hat!«, hörte ich Peter laut die Worte aus dem 121. Psalm lesen. »Kannst ruhig anrufen, wenn was Neues ist, habe so viel zu danken und zu bitten. Der Schlaf kommt einfach nicht.« So etwas kann nur eine Mama schreiben. Als wir im Zimmer angekommen waren, gingen wir das eben Geschehene noch einmal durch. Dr. Bruns und Dr. Polster ermutigten uns. Bevor die Ärzte wieder gehen wollten, beteten wir gemeinsam. Dr. Polster und Peter sagten alles Gott, der uns hörte. Es war für uns eine wichtige Erfahrung, auch mit unseren Ärzten beten zu dürfen. Es war ein Trost zu wissen, dass Gott nun auch drüben, im Zimmer der Zwillinge, wachte und dass er keine Fehler macht.

Nachdem die Ärzte gegangen waren, riefen wir sofort unsere Eltern an, um ihnen diese traurige Nachricht mitzuteilen. Obwohl es in Deutschland gerade mitten in der Nacht war, durften oder sollten wir immer anrufen, wenn es etwas Neues gab. Wir beteten nun fast pausenlos.

Am nächsten Morgen rief Dr. Polster bereits um 7.50 Uhr an und teilte mit, dass er gleich mit Dr. Schwengel und Dr. Carson ins Childrens House komme. »Wenn Dr. Carson um diese Uhrzeit schon selbst kommt, wird die OP garantiert nicht weitergemacht«, dachte ich, denn das Team wollte eigentlich um 8.00 Uhr starten. Irgendetwas war noch nicht in Ordnung. Zehn Minuten später saßen die Ärzte in unserem Zimmer. »Die Kinder haben die Nacht gut überstanden. Heute Morgen wurde ein EKG von Tabeas Herz geschrieben – leider hat es sich noch nicht 100%ig erholt. Wir müssen ihr noch etwas Zeit geben. Das Team hat beschlossen bis Mittwoch zu warten. Immer wieder werden Untersuchungen gemacht. Man muss genau abwägen: nicht zu lange warten wegen des Infektionsrisikos – aber auch nicht zu schnell weitermachen, damit sich das Herz erholen kann.« Dr. Schwengel und Dr. Carson mussten bald zurück zur Klinik und so blieben Dr. Bruns und Dr. Polster bei uns. Mit ihnen konnten wir in Ruhe alles noch einmal durchsprechen und alle Fragen klären.

Am späten Nachmittag kamen die deutschen Ärzte erneut zu uns, um uns den aktuellen Gesundheitsstand der Mädchen mitzuteilen. Sie fragten, ob wir angesichts der langen Pause nicht doch zu den Kindern gehen wollten. Um uns eine Vorstellung zu geben, wie die Mädchen aussahen, erklärten sie ziemlich genau, welche Schläuche und Zugänge gelegt worden waren. Sie hatten sogar ein Foto mitgebracht, das die Schwestern aufgenommen hatten, damit wir uns genau überlegen konnten, ob wir die Kinder in diesem Zustand sehen wollten. Als ich darüber nachdachte, meine Kinder so lange nicht sehen zu können und nicht bei ihnen zu sein, kam mir die Zeit noch länger vor. Deshalb entschlossen wir uns doch dazu, Tabea und Lea zu besuchen. Wir mussten sterile Schutzkleidung anziehen und durften dann in ihr Zimmer. Wie erwartet, traf mich der Anblick unserer Kinder bis ins Mark. Die Köpfe waren durch Schrauben in den Wangenknochen im OP-Gestell fixiert worden. Schläuche und Kabel führten zu ihren kleinen Körpern, wir konnten kaum ihre Hände streicheln. Überall roch es nach Desinfektionsmitteln, sodass mir schlecht wurde. Trotzdem wollte ich die beiden noch einmal lebend sehen. Wer wusste schon, wie jetzt alles ausgehen würde?

Immer wieder wurde Tabeas Herzrhythmus überwacht. Ihr Kreislauf hatte sich zwar stabilisiert, aber das Herz war immer noch zu schwach, um die Trennungsoperation fortzusetzen.

Die nächsten Tage verbrachten wir wie in einem Schwebezustand zwischen Hoffen und Bangen. Wir erhielten ermutigende Anrufe aus Deutschland und viele E-Mails. Immer wieder las ich die Nachricht meiner Schwiegermutter und war ermutigt, dass Gott diesen Sorgenberg vor mir sehr wohl sah und helfen würde. Im Stillen veränderte ich den Vers und betete: »Meine Hilfe kommt vom Herrn, der Tabea und Lea gemacht hat!« Wer konnte besser für unsere Mädchen sorgen als ihr Schöpfer?

Wir versuchten uns abzulenken, zu basteln oder spazieren zu gehen – aber die Zeit wollte nicht vergehen.

Am Dienstagnachmittag bekamen wir Besuch von Lucy. Sie kam mit James Wenger, dem Gemeindepastor der Mennonitengemeinde, und einem Seelsorger. James las den 23. Psalm und ermutigte uns weiter mit dem Hirten zu gehen, der den Weg kennt. Anschließend beteten wir gemeinsam. Es war ein kurzer Besuch, doch er machte uns Mut weiter zu glauben und zu hoffen. Die Worte aus dem Psalm festigten in uns die Gewissheit, dass wir nicht alleine sind ...

• 21. Die Bärin muss kämpfen •

• Am Mittwochmorgen hatte sich Tabeas Kreislauf so weit stabilisiert, dass die Ärzte entschieden, die Operation nun fortzusetzen. Dr. Polster informierte uns immer wieder über den Fortschritt der Trennung. Wir beteten und liefen im Zimmer auf und ab. Dann spielten wir das Kartenspiel »Phase 10«, bis wir keine Zahlen mehr erkennen konnten. Nach dem, was am Samstag passiert war, konnten wir die Spannung kaum aushalten.

Die Zeit verstrich sehr langsam – nicht nur für uns, sondern auch für Dr. Polster. Dr. Bruns war bereits abgereist und wollte in einer Woche wiederkommen. Obwohl wir verabredet hatten, dass Dr. Polster alle zwei bis zweieinhalb Stunden anrufen würde, erreichten uns die Anrufe in immer kürzeren Abständen. Die Gehirne der Mädchen waren mehr miteinander verwoben, als man gedacht hatte und ein Mikroskop musste zur Trennung eingesetzt werden. Weil die Ärzte bereits am Samstag an den Gehirnen operiert hatten, war die Flüssigkeit, die sich zwischen den Gehirnen befand, weggeflossen. »In der Pause sind die Gehirne dann so aneinander geklebt wie zwei nasse Blätter«, erklärten uns die Ärzte. Dies erschwerte die Arbeit am Mittwoch erheblich. So kam das Team noch langsamer voran. Trotz dieser Schwierigkeit schien alles gut zu gehen.

Immer wieder meldeten wir die neuesten Nachrichten unseren Eltern, die dann unsere Freunde und Verwandte anriefen, denn viele beteten besonders an diesem Tag für uns. Wir versuchten uns zu beschäftigen, damit die Zeit uns nicht unendlich erschien.

Nach Schätzungen der Ärzte sollte die OP gegen Mitternacht beendet sein.

So waren wir froh, dass das Telefon zehn Minuten nach Mitternacht klingelte. Peter nahm den Anruf von Dr. Polster an. »Ja, sie sind getrennt«, rief er. »Und wie geht es Tabea?«, lautete meine erste Frage, doch Peter konnte nicht antworten, denn Dr. Polster sprach weiter: »Die Zwillinge sind zwar seit zehn Minuten getrennt, aber Tabea geht es sehr schlecht. Sie sollten sofort in die Klinik kommen, ich komme Ihnen entgegen.« Bevor wir losgingen, riefen wir noch unsere Eltern an, um ihnen Bescheid zu sagen. Wir baten sie, vor allem für Tabea zu beten.

Schnell streiften wir unsere Jacken über und liefen los. Unterwegs dachte ich mir: »Wenn Dr. Polster gleich zur Begrüßung sagt, dass es Tabea immer noch schlecht geht, will ich sie auch loslassen.«

Am Eingang trafen wir den Kinderarzt. Seine ersten Worte waren: »Die Bärin muss kämpfen!«

Ein stechender Schmerz zog durch meine Brust, ich konnte kaum atmen. »Sie stirbt«, dachte ich verzweifelt, »oh Gott, sie stirbt wirklich!« Wir warteten in einem kleinen Raum in der Nähe des OP-Raumes, während die Ärzte weiter um Tabeas Leben rangen. Dr. Polster kam immer wieder zu uns, um uns den Stand der Dinge mitzuteilen. Wir saßen mit unserer Übersetzerin ruhig zusammen und warteten. Jetzt, wo jede Minute entscheidend war, verging die Zeit plötzlich wie im Fluge. Jedes Mal, wenn Dr. Polster hereinkam, waren weitere 20 Minuten vergangen, obwohl es für uns nur fünf Minuten zu sein schienen. Diese Zeit des Wartens war besonders schlimm für mich. Nun würde es sich entscheiden. Dr. Polster kam wieder, es war mittlerweile 1.00 Uhr. »Leider kann ich Ihnen immer noch nichts Positives mitteilen. Sie baut keinen Kreislauf auf.« Ich dachte: »Wenn Tabea es jetzt noch schaffen sollte, dann hat sie bestimmt große Schäden.« Das Gehirn war schon eine längere Zeit nicht durchblutet gewesen.

Nach unendlich langer Zeit des Wartens wandelte sich meine Unruhe in Ruhe. Da war immer noch der stechende Schmerz in meiner Brust, aber auch Frieden.

»Wie spät ist es?«, fragte ich Peter schnell. Er sah zur Uhr: »1.20 Uhr«, antwortete er. Da wusste ich es. »Ich glaube, sie hat es geschafft«, flüsterte ich meinem Mann ins Ohr. Ich konnte die Gewissheit, dass Tabea gestorben war, nicht aussprechen. Peter sah mich an. »Ich habe jetzt auch Ruhe, Nelly. Gerade kam so ein Frieden in mein Herz. Vielleicht hast du Recht.« »Weißt du«, sprach ich leise weiter, »ich habe plötzlich Ruhe und mir kommt das Lied in den Sinn: ›Ich will dir danken, unter den Völkern. Ich will dich loben, vor allen Menschen, denn deine Gnade reicht, so weit der Himmel ist ...‹« Gleich fing Peter an das Lied zu summen. In meinem Herzen dachte ich: »Hoffentlich kann ich Gott von Herzen loben und danken – egal, was Dr. Polster beim nächsten Mal sagt.«

Alexa und Irene saßen sprachlos da und bangten mit uns. Auch Alexa war sehr niedergeschlagen und traurig.

Bald erschien Dr. Polster wieder: »Es tut mir sehr Leid, Ihnen das mitteilen zu müssen. Der Chef-Anästhesist Dr. Yaster, der das OP-Team um Tabea leitet, hat vor zehn Minuten beschlossen, die Versuche zur Wiederbelebung von Tabea einzustellen. Die Ärzte haben dann noch gewartet, ob Tabea von selbst einen Kreislauf aufbaut, doch ihr Herz hat aufgehört zu schlagen. Dr. Carson wird gleich kommen und selbst mit Ihnen sprechen.« Als ich dann auf Peters Uhr sah, musste ich feststellen, dass es nun 1.30 Uhr war. In genau dem Augenblick, als mich dieser Frieden erfüllte, war also unsere Tabea zu unserem Herrn gegangen. Ihr kleines Herz hatte für immer aufgehört zu schlagen.

Wir hörten seine Worte und bedankten uns für die Nachricht. Peter umarmte mich. Es war wirklich wahr, Tabea war tot. Er ließ mich lange nicht los. Das, was wir schon gespürt hatten, mussten wir jetzt annehmen und verstehen. »Ich glaube, wir müssen die Eltern anrufen, bevor sie es durch die Medien erfahren«, sagte Peter und holte sein Handy heraus. Ich war so verkrampft und machtlos, dass ich noch nicht einmal weinen konnte. Mein Mann war noch gefasst und wählte mit steinernem Gesicht die Nummer seiner Eltern. In Deutschland war es jetzt 7.30 Uhr morgens. Als seine Mutter die Nachricht hörte, begann sie sofort zu weinen, und nun konnte auch Peter seine Tränen nicht mehr zurückhalten.

Mir wurde schwindelig und ich lehnte mich im Sessel zurück. In meinem Kopf klangen immer wieder seine Worte: »Tabea hat es nicht geschafft, unser kleiner Bär lebt nicht mehr.« Nun nahm ich das Handy, um auch meinen Eltern Bescheid zu geben. Papa war schon zur Arbeit gefahren, so war Mama allein zu Hause und musste diese Nachricht an unsere Freunde weiterleiten.

Eine halbe Stunde später erschien Dr. Carson. Sein Blick war traurig und besorgt. Die Anstrengungen der letzten Stunden waren ihm deutlich ins Gesicht geschrieben. Er sprach sehr langsam und ruhig: »I`m so sorry about Tabea.«[7]

Er hatte sich den Ausgang der OP auch anders vorgestellt. Mit dem Team hatten sie sich wochenlang auf diesen komplizierten Eingriff vorbereitet. Sie hatten geübt und sich in anderen Kliniken erkundigt, um so viele Zwischenfälle und Komplikationen wie möglich auszuschließen. Nun war die OP beendet. Tabea war tot und Lea im kritischen Zustand. Es fiel Dr. Carson in dieser Nacht nicht leicht mit uns zu sprechen. »Wenn Sie möchten, können Sie gleich zu Tabea gehen und Abschied von ihr nehmen. Lea wird auf die Intensivstation gebracht, wo Sie sie auch besuchen können.« Wir bedankten uns für die Arbeit, die das Team geleistet hatte, und Dr. Carson verabschiedete sich.

Kurz darauf durften wir zu Tabea. Als wir auf den Flur kamen, trafen wir Dr. Schwengel, die uns umarmte und ihr Beileid aussprach. Auch Carol war wieder da, um uns zu trösten und ein liebevolles Wort zu sagen.

Ich war noch wie betäubt, als wir das Zimmer betraten, in dem zwei Schwestern Tabea auf einem Bett zurechtgemacht hatten. Alle Schläuche und Zugänge waren entfernt; mit verbundenem Kopf und einem OP-Hemdchen angezogen, lag sie in den weißen Kissen. Ängstlich näherte ich mich und war zutiefst erschrocken. »Peter, man kann sie ja gar nicht erkennen!«, schluchzte ich und musste wieder weinen. Ihr kleines Gesicht war stark geschwollen und verfärbt. Sie sah gar nicht aus wie unsere hübsche kleine Tochter. Peter und ich standen am Bett und hielten uns fest. Der Boden schwankte unter meinen Füßen.

Ich erinnerte mich an die schöne Zeit, die wir mit unserer Tochter gehabt hatten. Sie war bereits eine so eigenwillige Persönlichkeit gewesen, ganz anders als ihre Schwester Lea. Wie lange hatte es immer gedauert, sie zu füttern und wie sehr hatte sie protestiert, wenn man nicht gleich mit ihr schmuste, wenn sie danach verlangte. Tabea hatte fordernd die kleinen Ärmchen ausgestreckt und meinen Kopf dann ganz fest gehalten. Kichernd hatte sie sich meine Haare aus dem Gesicht gewischt und gleich darauf nach dem Bilderbuch neben sich gegriffen, weil sie genug gekuschelt hatte. Stundenlang konnte sie dann die bunten Bilder betrachten und Silbenromane dazu erzählen. »Unsere liebe Tabea«, dachte ich voller Schmerz, »nie werden wir sehen, was für ein wunderbarer Mensch du geworden wärst.«

Als ich schluchzte, griff Irene meine Hand. »Weißt du, was ich gerade gedacht habe?«, fragte sie und wischte sich die Tränen aus dem Gesicht. »Tabea ist jetzt schon bei Gott in der Ewigkeit angekommen. Sie hat keine Schmerzen und kann die ganze Zeit in seiner Nähe verbringen, das muss sehr schön für sie sein.« Ich nickte und dachte: »Aber wir haben sie nicht mehr, wir müssen nun immer ohne sie leben.« Trotzdem war ich etwas getröstet. Uns würde es wohl immer wehtun, aber Tabea war schon zu Hause angekommen.

Nach einiger Zeit fragte Dr. Polster: »Möchten Sie nun auch noch zu Lea gehen?« Ich sah unsicher zu Peter, ob es ratsam sei, noch zu ihr zu gehen? Die Trauer um Tabea füllte mein ganzes Herz aus; ich hatte keine Kraft mehr, irgendetwas anderes zu tun oder zu denken.

Mein Mann aber war sehr entschlossen: »Ja«, antwortete er, »wir gehen jetzt zu Lea. Komm, Nelly.« Willenlos ließ ich mich mitziehen.

D

Oktober 2004 bis Mai 2005: Lea wird gesund

Lea wird gesund

• 22. Lea lebt •

• Nur ein paar Schritte weiter waren wir auf der Intensivstation bei Lea.

Sie sah Tabea ziemlich ähnlich, auch ihr Gesicht war stark geschwollen, sie sah verändert aus und ein dicker Verband war um ihren Kopf gewickelt. Viele Schläuche und Zugänge ließen sie hilflos aussehen, es gab jedoch einen entscheidenden Unterschied. Lea lebte!

Es tat uns gut, das deutlich zu sehen.

Sie atmete ruhig und gleichmäßig. Wir konnten hoffen und beten, dass sie weiter genesen und später ein eigenständiges Leben würde führen können. Unsere Lea, die so ganz anders war als ihre Schwester. Beim Füttern konnte es ihr nicht schnell genug gehen und immer wieder war sie es, die nicht genug von wilden Bewegungen bekommen konnte. Manches Mal hatte sie so lange im Kinderwagen herumgeturnt und geschoben, bis Tabea am anderen Ende fast hinausgefallen wäre. Jetzt hatte sie die Chance auf ein eigenständiges Leben und wir mussten ihr helfen gesund zu werden.

Sie lag so still und zerbrechlich in ihrem Bett. Mir wurde klar, wie nahe auch sie in diesem Moment dem Tod war. Ob sie noch genug Kraft hatte diese Strapazen zu überleben? Ich wollte ihr helfen, den Weg weiterzugehen.

»Morgen kommen wir wieder zu dir, Lea«, flüsterte ich ihr zu.

Dr. Polster schaute auf die Werte der Geräte, an denen Lea angeschlossen war und meinte: »Ihr Kreislauf ist stabil, die Sauerstoffsättigung im Blut ist ausgezeichnet. Das sieht gut aus.«

Gegen drei Uhr nachts verließen wir die Klinik und suchten Ruhe in unserem Zimmer im Childrens House. Wir waren so müde von der Anspannung und Trauer der letzten Stunden.

»Lass mich nicht los, Vater im Himmel, halt mich fest in deiner Hand!«, betete ich noch, bevor ich in einen tiefen und traumlosen Schlaf fiel.

Ich erwachte am nächsten Morgen schon sehr früh. Mein erster Gedanke war: »Tabea ist gestorben, meine Tabea ist nicht mehr unter uns!« In derselben Sekunde war auch der Schmerz wieder da, der mir das Atmen erschwerte und sich eng um meinen Hals legte. Ich hustete leise, Peter drehte sich um. »Nelly«, sagte er und nahm meine Hand. »Wie geht es dir?« »Ich weiß nicht, und dir?« Mein Mann seufzte und antwortete: »Ich habe bis zum Schluss geglaubt, dass Gott es gut ausgehen lässt. Warum ist Tabea gestorben? Wieso hat er das zugelassen?« Tränen rollten aus seinen Augen. Ich schaute auf seine Hand, die meine fest umschlossen hielt. Seit über einem Jahr hatte er mit mir unsere Kinder versorgt, sie gefüttert und gewickelt, mit ihnen gespielt und gelacht. Es war ja nicht nur mein Schmerz, auch Peter litt unter dem Verlust, der Enttäuschung. Auch er machte sich Sorgen um Lea und ihre Zukunft.

Nun lag er neben mir und weinte. Er war ebenso schwach wie ich, so enttäuscht und traurig. Aber er war wohl auch der einzige Mensch, der diesen Schmerz mit mir teilen und nachfühlen konnte, wie es mir ging. Wie dankbar war ich, dass ich ihn hatte! Auch das Leid konnten wir gemeinsam durchstehen! Ich dachte daran, wie wir schon zusammen geweint hatten, als wir von der Behinderung unserer Kinder erfuhren. Und die schrecklichen Tage nach der Hauterweiterungs-OP kamen mir wieder in den Sinn. Als wir uns versprochen hatten, »in Freud und Leid« miteinander zu leben, ahnte ich nicht, dass es so viel schwere Tage geben würde. Nun waren sie aber wieder da und wieder musste ich feststellen, dass ich zu schwach war, um es aushalten zu können oder gar weiterzugehen.

Wir sprachen von der großen Leere, die auf einmal in uns war und Peter meinte: »Es fühlt sich an, als hätte jemand einfach ein Stück aus mir herausgerissen!« Antriebslos lagen wir auf dem Bett und wollten am liebsten gar nichts tun.

Irene hatte unser Zimmer schon frühzeitig verlassen und kam nun herein. »Ich habe Frühstück gemacht, es steht fertig auf dem Tisch, kommt ihr?« Dann ging sie wieder hinaus. »Wie schön, dass wir Irene hier haben«, erwähnte ich dankbar, »es wäre sicher nicht gut für uns, allein zu sein – oder hättest du ans Frühstück gedacht?« Wir zogen uns an und gingen in die Küche.

Während des Essens sagte Peter: »Wir werden auf unsere Fragen in diesem Leben wohl keine Antworten bekommen. Aber wenn wir immer beim ›Warum?‹ stehen bleiben, werden wir nur verbittert. Irgendwie müssen wir es annehmen.« Ich ergänzte: »Weißt du noch, wie wir beide gleichzeitig in der letzten Nacht auf einmal diesen Frieden nach all der Aufregung gespürt haben? Das war ein ganz eindrückliches Erlebnis für mich. Gott hat uns schon da getröstet. Wir wollen uns darauf verlassen, dass er es weiter tut. Wenn sein Geist in uns wirkt, dann können wir es aushalten.« Nachdenklich ergänzte Peter: »Mit Gottes Kraft in uns werden wir stark genug für die nächsten Schritte.«

In der Klinik wartete bereits Dr. Polster auf uns. Er begleitete uns zu Lea und machte uns noch einmal Mut, denn die vielen piependen Geräte und Schläuche waren schon beängstigend. »Sie hat eine schwere Operation hinter sich, aber alle Werte sind für diese Situation ganz normal. Sie erholt sich bereits gut von den Strapazen, alles verläuft wie geplant.« Nach den Schrecken der letzten Nacht konnte ich diese Worte nicht oft genug hören.

Am nächsten Tag hatte Alexa für 13.00 Uhr einen Bestatter bestellt. Er kam zu uns ins Childrens House, um die Vorbereitungen für die Beerdigung mit uns zu besprechen. Es tat mir gut, nun all die sachlichen Bedingungen zu bedenken und etwas Handfestes tun zu können. Es würde eine Weile dauern, bis Tabea in einem kleinen Sarg zurück nach Hause geflogen werden konnte. Vom Konsulat und anderen Behörden in Washington mussten Papiere und Genehmigungen besorgt werden. Flüge mussten gebucht werden und in Deutschland würden sich unsere Eltern um ein Bestattungsunternehmen und eine Grabstelle kümmern.

Schließlich besprachen wir, welche Kleidung Tabea tragen sollte. Ich hatte sofort ein hübsches rosafarbenes Trägerkleidchen im Kopf. Das würde ich zusammen mit einem weißen T-Shirt aus der Wohnung holen. Der Bestatter notierte sich alles, was wir besprochen hatten, und räusperte sich dann: »Mrs. Block«, begann er ein wenig verlegen, »Sie sollten vielleicht einen hübschen Hut für Tabea kaufen, den sie zu dem Kleid tragen kann.« Stumm sah ich ihn an und nickte. Ja, das sollte ich tun.

So fuhr ich am selben Nachmittag mit Peter zu unserer Wohnung und holte die Sachen. Auf dem Rückweg kauften wir den ersten Hut für unsere Tochter Tabea. Er war weiß, mit einem rosafarbenen Rand und würde zu dem Kleid sehr hübsch aussehen. Während Peter über den Highway zurückfuhr, drehte ich ihn in den Händen und sah ihn an: Tabeas Hut.

Die Zeit verging mit vielen Telefonaten nach Deutschland und Besuchen bei Lea. Ich fühlte mich innerlich zerrissen: Einerseits musste ich entscheiden, was auf der Schleife am Kranz für Tabea stehen sollte oder welcher Friedhof gewählt wurde. Andererseits war da die Sorge um Lea, denn es war nicht klar, wann es ihr so gut gehen würde, dass wir beruhigt zur Beerdigung fliegen konnten. Wir hatten noch nicht einmal entschieden, ob wir sie überhaupt verlassen sollten, um dabei zu sein. Es war so wichtig, dass wir Lea durch unsere Nähe unterstützten, mit ihr redeten und ihr vorsangen.

Dr. Polster fand das auch, riet uns aber eindringlich, dass für uns auch der Abschied von Tabea mit all unseren Freunden und Verwandten wichtig sei. »Lea hat es gut hier auf der Station mit den Schwestern, die sich um sie kümmern. Sie sollten sich aber auch die Zeit zum Trauern nehmen.«

Als Dr. Polster am Samstag abreiste, schauten wir mit Bangen auf die nächsten Tage, denn er hatte uns immer alles so gut erklärt und war in den wichtigen medizinischen Beratungen für uns da gewesen. Wenn nun etwas Entscheidendes passierte und er nicht für uns da sein konnte?

Wir waren dankbar dafür, dass Dr. Bruns es bereits am Dienstag danach ermöglichen konnte anzureisen. Er sprach gleich lange mit den behandelnden Ärzten und verschaffte sich einen Überblick.

Einige Tage nach der Operation waren wir wieder einmal mit Dr. Bruns bei Lea. Immer noch war sie an so viele Schläuche angeschlossen. Ging es ihr nicht langsam besser? Ängstlich berührte ich den Plastikbeutel mit der Bluttransfusion, der über ihrem Bett befestigt war. »Wieso braucht sie denn immer noch fremdes Blut? Geht es ihr doch so schlecht?« Dr. Bruns beruhigte mich: »Das ist in dieser Situation ganz normal. Wissen Sie, der Hb-Wert (Hämoglobin) ist noch nicht in Ordnung, Lea hat schließlich viel Blut verloren. Der Körper produziert schon wieder eigenes Blut, aber noch nicht genug. Wenn zu wenig da ist, wird auch zu wenig Sauerstoff durch den Körper transportiert und die Wunden können nicht heilen!« Das leuchtete mir ein. Nun fragte Peter: »Wann darf sie denn endlich aufwachen?« Wir konnten es kaum abwarten, in ihre Augen zu schauen und zu sehen, wie sie sich erholte. Nun erklärte Dr. Bruns: »Im Moment bekommt sie noch starke Schmerzmittel und übermorgen wird die große Kopfwunde geschlossen, deshalb sollte sie noch bis zur nächsten OP im künstlichen Koma verbringen.« Ich verstand das alles, aber hatte doch große Angst und Sehnsucht nach sichtbaren Heilungserfolgen. Auch Peter seufzte.

Als wir die Intensivstation verließen, kam uns eine Schwester aus dem OP-Team entgegen. In der Hand hielt sie eine weiße Schachtel. »Ich habe hier den Hand- und den Fußabdruck von Tabea für Sie.« Wir bedankten uns und nahmen das Päckchen entgegen.

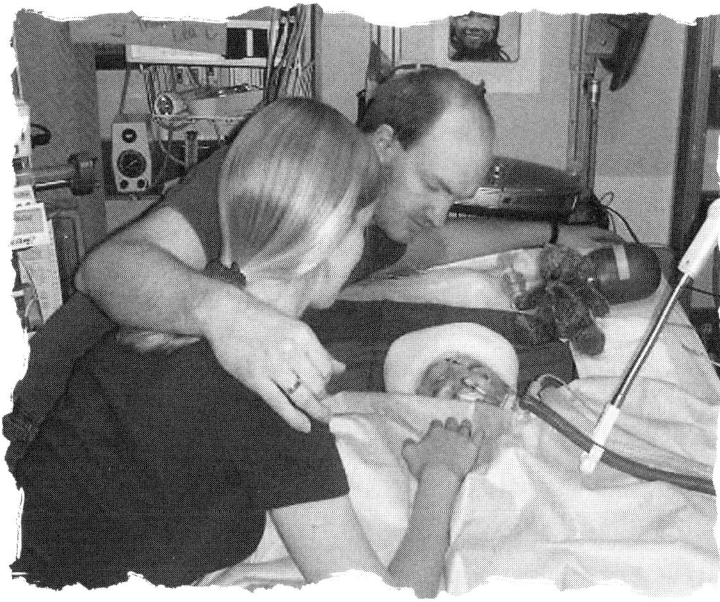

➤ Lea mit Nelly und Peter auf der Intensivstation

In unserem Zimmer angekommen, bestaunten wir die Gipsabdrücke, die die Schwestern für uns zur Erinnerung nach Tabeas Tod gemacht hatten. »Das war eine gute Idee!«, meinte Peter und strich vorsichtig über die weißen Konturen. »So werden wir nie vergessen, wie klein sie war und wie niedlich.« Ich fühlte erneut die Trauer in mir aufsteigen und überlegte laut: »Warum hat sie es bloß nicht geschafft?« Peter wiegte nachdenklich den Kopf und antwortete: »Ich weiß es auch nicht. Aber im Nachhinein, wenn ich so überlege, stell dir vor, die Operation wäre supergut verlaufen und Tabea würde noch leben und beide Kinder würden gesund werden, dann hätte doch sicher alle Welt das Ärzteteam und Dr. Carson gelobt. Gott hätten wohl viele Menschen ganz vergessen.« »Das ist wahr«, bestätigte ich, »aber das Ärzteteam war ja auch klasse. Sie haben so super zusammengearbeitet und das Beste getan, was sie konnten.« »Ganz bestimmt, aber sie haben eben doch nicht alles in der Hand. Ich denke auch oft daran, was meine Eltern gesagt haben: ›Jetzt sind wir enttäuscht und traurig, aber Gott wird wissen, warum Tabea sterben musste.‹« Ich seufzte: »Glaubst du, wir werden es auch eines Tages wissen?« »Im Himmel ganz bestimmt!«, antwortete Peter und packte die kleinen Fuß- und Handabdrücke vorsichtig wieder ein.

• 23. Die Beerdigung •

Lea ging es jeden Tag besser. Nach der letzten Operation konnte sie ganz ohne Beatmungsschlauch auskommen und die Sauerstoffsättigung in ihrem Blut blieb konstant.

Das war für uns das Zeichen, dass wir uns um Flugtickets kümmern konnten. Wir wollten nach Deutschland fliegen, um während der Beerdigung von Tabea Abschied zu nehmen. Am 28. September bekamen wir zwei Flugtickets und wir starteten gegen Abend.

Peters Schwester Helene und ihre Freundin Tatjana waren nach Baltimore gekommen, um mit Irene bei Lea zu bleiben. So hatte Lea oft vertraute Stimmen um sich, und wir konnten mit ihnen über unsere Tochter sprechen und uns nach Neuigkeiten erkundigen. Dennoch war ich während des langen Flugs immer wieder besorgt: Ob sie uns nicht doch selbst an ihrem Bett brauchte? Noch vom Flughafen Frankfurt aus rief ich im Johns Hopkins an und sprach mit der diensthabenden Schwester, die mir mitteilte, alles sei in bester Ordnung. Nun war ich etwas beruhigter und wir fuhren weiter nach Lemgo.

Am 30. September fand nachmittags die Beerdigung statt.

Bereits von Amerika aus hatten wir unsere wichtigsten Wünsche für die Feier mitgeteilt und unsere Eltern hatten sich um alles gekümmert. Nun stand ein großes Bild mit einer lachenden Tabea vorne im Gottesdienstraum und strahlte die Trauergäste an. Auch ich musste unwillkürlich lächeln, als ich es sah. Unsere Tochter war wirklich ein rechter Sonnenschein gewesen.

Der Gemeindeleiter Nikolai Reimer begann die Versammlung mit Worten aus dem Buch des Propheten Jesaja: »Denn meine Gedanken sind nicht eure Gedanken, und eure Wege sind nicht meine Wege, spricht der Herr, sondern so viel der Himmel höher ist als die Erde, so sind auch meine Wege höher als eure Wege und meine Gedanken als eure Gedanken.«[8] Er fand gute und einfühlsame Worte, um unser Unverständnis für Tabeas Tod auszudrücken, aber er versicherte uns auch, dass Gott keine Fehler macht und uns tröstet.

Peter und ich saßen mit unseren Eltern in der ersten Reihe, der Gottesdienstraum hinter uns war so mit Menschen gefüllt, dass noch zusätzliche Stühle in den hinteren Flur gestellt werden mussten. Es waren bestimmt über tausend Besucher erschienen. Bereits zu Beginn hatte ich darüber gestaunt, wie viele Menschen mit uns Abschied nehmen wollten und nun dachte ich daran, dass es auch die Gebete all dieser und noch viel mehr Menschen zu verdanken war, dass Peter und ich so getröstet und gestärkt wurden.

Der Kinderchor sang Lieder, die unsere Zwillinge immer gerne gehört hatten, und ich betrachtete den kleinen weißen Sarg mit dem Gesteck aus rosafarbenen Rosen darauf. »Ja, Gott hat alle Kinder lieb, jedes Kind in jedem Land. Er kennt alle unsre Namen, alle unsre Namen, hält uns alle, alle in der Hand!«

Als ein zweiter Prediger darüber sprach, dass Tabea heimgegangen sei und nun zu Hause bei Jesus war, musste ich doch wieder weinen. Die Erinnerung an die schreckliche Nacht nach der Haut-OP kam zurück: Damals hatte ich mir gewünscht, alles sei zu Ende und Gott würde uns endlich erlösen. Nun hatte er Tabea von ihrem Leiden befreit und tatsächlich zu sich genommen, aber das war für uns schwer zu ertragen, die wir hier zurückbleiben mussten. Wir hatten sie doch so sehr geliebt! Wie gerne hatte unser Kind gelacht und ich erinnerte mich voller Sehnsucht an ihre Umarmungen und Küsse. Obwohl mich das Wissen um ein Leben in der Ewigkeit bei Gott tröstete, fühlte ich den Schmerz nun doch wieder in seiner ganzen Schwere.

Peter und Nelly am Sarg von Tabea am 30. September 2004

Bei strahlendem Sonnenschein verließen wir das Bethaus und beerdigten Tabea auf dem Friedhof ganz in der Nähe von Peters Elternhaus. Mein Mann hielt meine Hand, während der kleine Sarg in die Erde hinuntergelassen wurde. Gemeinsam schauten wir ihm nach und verabschiedeten uns noch einmal. Nun würden wir unsere kleine Tabea nie wieder sehen auf dieser Erde. Unsere Erstgeborene war nun endgültig aus unseren Armen genommen worden. Immer wieder überwältigte mich die Trauer und ich ließ meinen Tränen freien Lauf. Hier am Grab fand auch Peters Onkel treffende Worte, mit denen er uns als Eltern und Großeltern der Fürsorge Gottes anvertraute.

Wie es in unserer Gemeinde üblich war, fand nach dem Gottesdienst und der Beerdigung noch eine Feierstunde im Bethaus statt, in der Freunde und Bekannte die Möglichkeit hatten, uns zu trösten und zu ermutigen.

Ich war überwältigt von der großen Anteilnahme und den vielen hilfreichen Beiträgen. Man sang und hielt kurze Ansprachen, viele Menschen ermutigten uns mit ein paar persönlichen Worten.

Auch meine Kollegen waren gekommen und Sabine redete nun als ehemalige Schulleiterin ein paar Worte. »Liebe Nelly, lieber Peter, viele bewundern eure Stärke und meinen, diese Stärke käme aus euch. Ich habe eine ganz andere Nelly kennen gelernt. Ich finde es so befreiend, dass wir als Christen nicht stark sein müssen, sondern schwach sein dürfen, weil Gottes Kraft sich in unserer Schwachheit als mächtig erweist.« Sie erzählte von unserer gemeinsamen Zeit und fuhr weiter fort: »Peter und Nelly können jetzt in der Öffentlichkeit dastehen, weil Jesus lebt. Er ist wirklich auferstanden. Deshalb haben wir die Gewissheit des ewigen Lebens. Wir haben einen lebendigen Herrn und seine Kraft ist in unserer Schwachheit mächtig. Vielleicht kennt ihr auch das alte Lied: ›In dir ist Freude, in allem Leide‹. Nicht erst hinterher, sondern darin, eben weil Jesus lebt! Wir müssen das Leid nicht beiseite schieben, es ist da. Und das ist ein Zeugnis für die Welt: Nelly und Peter, ihr könnt ruhig schwach, verzagt und traurig sein, hinter diesen Tränen kommt der lebendige Herr zum Ausdruck. Gott wird euch ganz mit seiner Stärke ausfüllen!«

Dann sang das Kollegium noch ein Lied für uns und wieder staunte ich darüber, wie Gott anderen Christen genau die Worte in den Mund legen konnte, die uns trösteten und weiterhalfen.

Olga und Elli aus dem Jugendkreis lasen ein Gedicht vor. Auch in vielen anderen Gemeinden war für unsere Kinder gebetet worden. Heinrich und Elvira Barg aus einer Gemeinde in Heidelberg hatten erfahren, dass Tabeas Lieblingslied »Gottes Liebe ist so wunderbar!« war und sie schon begann, verschiedene Silben zum Lied zu lallen und singen. Bewegt hörten wir zu:

• Der Herr macht keine Fehler •

Lea: *»Gott weiß, warum verwachsen wir,*
er sieht uns fröhlich miteinander,
auf seine Hilfe warten wir –
Gott mög uns trennen voneinander.«

Tabea: *»Mir ist so bang, mein Schwesterlein,*
vor Trennung hier auf Erden.
Ich möcht mit dir im Himmel sein,
erlöst von den Beschwerden.«

Lea: *»Wir hören uns, doch sehn uns nicht,*
wir lachen, fühlen uns einander.
Ich möchte sooo umarmen dich,
möcht laufen, springen – miteinander!«

Tabea: *»Doch ist mir bang, ach Lea mein,*
du träumst von ird'schen Dingen.
Im Himmel wird es schöner sein,
Gott mög uns dorthin bringen.«

Lea: *»Dann bleiben Pa und Ma allein!*
Tabea, hör ihr Beten, Ringen!
Das wird unmöglich für sie sein –
wem werden sie dann Lieder singen?«

Tabea: *»Jetzt schlafen wir, ich sehe klar:*
Gott will – ich muss jetzt scheiden,
doch sieh, der Herr ist wunderbar,
er trennt uns so vom Leiden.«

Lea: *»Ach geh nun heim und warte mein,*
bereit die Stätte für uns alle,
wir wollen alle bei dir sein,
dem wunderbaren Herrn dann lallen.«

Tabea: »Drum bange nicht, ja, bleib für mich,
den Lieben Trost und Freude,
ich wart auf euch, Gott tröste dich,
es ist der Herr im Leide.«

Gott weiß warum, Gott weiß wozu,
das Beste er stets wählet,
drum zweifle nicht!
Ja, sag auch du: Der Herr macht keine Fehler!

Noch viele tröstende Worte wurden gesprochen und ein kleiner Chor sang für uns. Mein Cousin wählte mit einer Cousine das Lied, in dem Gottes Zusage für uns besungen wird: »Ich bin bei dir, hab keine Angst, ich führe dich.« Wieder einmal merkte ich, dass gerade Lieder mich besonders stärkten.

Abends unterhielt ich mich noch lange mit Peter, denn wir konnten nicht schlafen. »Ich habe noch viel darüber nachgedacht, was Ernst gesagt hat«, begann ich. »Das hatte er sich bestimmt spontan überlegt. Trotzdem waren die Worte sehr wichtig für mich.« »Ich kann mich noch gut an das Lied erinnern, das er in seiner Ansprache erwähnte«, sagte Peter. Ich hatte einmal mit Ella für eine Aufführung zur Silvesterfeier einen Liedtext geschrieben: »Die Welt ist so groß, wer ist bereit, den Weg zu gehen?« Es ging darum, den Menschen von Gott zu erzählen. Ernst war sehr bewegt davon, dass er nun sah, wie Peter und ich tatsächlich diesen schweren Weg gehen mussten und damit auch die Nachricht vom Gottvertrauen in die Welt brachten. Nachdenklich erklärte ich Peter: »Ich habe damals überhaupt nicht daran gedacht, dass ich selbst damit gemeint sein könnte. Und nun begleiten uns die Stern-Reporter und wir können davon erzählen, wie wichtig uns der Glaube ist.« »Ja, ich kann über Gottes Wege auch nur staunen«, gab Peter zu, »wir wollen ihm weiter vertrauen.« Ich nickte: »Er wird uns leiten, wie er es bisher auch schon getan hat. Das ist mir heute wieder ganz klar geworden.«

• 24. Rückkehr ins Leben •

• Als wir wieder in Baltimore waren, führte uns der erste Weg zu Lea, die immer noch auf der Intensivstation lag. In der Zwischenzeit waren wieder ein oder zwei Schläuche entfernt worden. Die Schlafmittel-Dosis hatte man erneut reduziert und Lea wachte nun häufiger auf. Als wir an ihr Bett traten, schlief sie gerade, aber wir hatten den Eindruck, dass es ihr bereits wieder etwas besser ging.

Erleichtert gingen wir hinüber ins Childrens House und ließen uns ausführlich von unseren Schwestern berichten, was alles passiert war.

Am nächsten Tag fuhren wir nach einem Besuch bei unserer Tochter in die Wohnung. Wir hatten sie zum 11. Oktober gekündigt und mussten nun noch die letzten Sachen hinausräumen. Gleich am Eingangsbereich stand der Kinderwagen, sodass die Erinnerungen zurückkamen. Die Spielsachen hatte keiner aufgeräumt, sie lagen so, wie die beiden sie am 10. September verlassen hatten. Wehmütig dachte ich daran, wie angefüllt diese Räume mit Tabeas Lachen und Leas Turnübungen gewesen waren.

Seufzend machten wir uns an die Arbeit. Wir mussten so packen, dass am Ende alles in ein Zimmer im Childrens House passte. Noch während wir die Dinge in Koffern und Kisten verstauten, klingelten freundliche Nachbarn an unserer Tür. Sie schüttelten uns Anteil nehmend die Hände und erzählten uns, dass sie die Operation genau in den Medien verfolgt hatten. Nun tat es ihnen so Leid, dass Tabea gestorben war und sie wünschten uns alles Gute für Leas Genesung.

Als sie gegangen waren, legte ich die Fotos und ein paar Spielsachen ganz oben in den Koffer. »Wir hatten eine schöne Zeit hier und die Nachbarn waren wirklich nett.« Peter suchte gerade in den Küchenschränken nach übrigen Lebensmitteln und hielt nun auch einen Moment inne. »Ja, wir können dankbar sein, dass Gott uns in diese Wohnung geführt hat.« Nachdenklich verschlossen wir die letzte Kiste und trugen alles ins Auto.

Als wir am Tag darauf das Zimmer betraten, lag Lea mit geöffneten Augen im Bett. Erfreut ging ich zu ihr und sprach mit meiner Tochter: »Guten Morgen, liebe Lea, bist du schon wach?« Lea rührte sich nicht, aber ich begann sanft ihre Hände und die Wange zu streicheln. Ich machte mir große Sorgen, weil keine Reaktion zu erkennen war. »Du wirst jetzt bald gesund, wir müssen nur noch ein bisschen Geduld haben.« Während ich mit ihr redete, starrte Peter auf den Überwachungsmonitor. »Guck mal, Nelly, sie hat uns bestimmt erkannt!«, freute er sich. Die Herz- und Atemfrequenz hatte sich verändert, seit wir ins Zimmer gekommen waren. Etwas beruhigter streichelte ich Leas Hand, aber immer noch war es schwer für mich, den Anblick unseres Kindes auszuhalten.

Plötzlich öffnete Lea ihre rechte Faust und griff nach meinem Zeigefinger. Dann hielt sie ihn fest, fast krampfhaft, umschlossen, während mein Atem stockte. »Peter«, flüsterte ich bewegt, »schau mal, was sie macht!« Mir kullerte eine Träne aus den Augen. Lea hielt meinen Finger fest, während ich mit ihr sprach, und ihr Herz schlug ein wenig schneller. Langsam und in kleinen Schritten kehrte unsere Tochter ins Leben zurück.

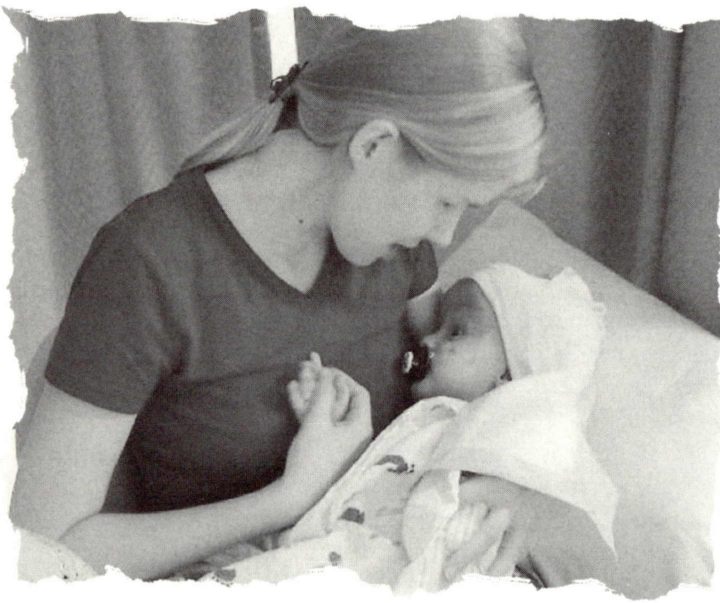

➤ Die ersten Versuche Lea aufzurichten

Am 8. Oktober fragten wir Dr. Jallo, ob wir Lea von nun an auf dem Schoß halten dürften. Auch er meinte, dass enger Körperkontakt zu den Eltern Lea nur bei der Genesung helfen könne und erlaubte uns, sie mehrmals am Tag im Arm zu halten. Beim ersten Mal setzte ich mich auf einen Stuhl und die Schwester hob Lea vorsichtig aus dem Bett. Im gleichen

Moment begann unsere Tochter aber zu weinen und hörte auch nicht auf, als ich sie im Arm hielt und beruhigend auf sie einredete. Ganz im Gegenteil: Immer unglücklicher und ängstlicher schien ihr Jammern zu werden. So legten wir sie nach kurzer Zeit zurück ins Bett, wo sie sich bald beruhigte. Ich saß an ihrer Seite und streichelte sie weiter: »Sogar Sitzen musst du erst noch lernen, meine liebe Lea. Das fühlt sich bestimmt ungewohnt für dich an und du hast Angst vor jeder Bewegung.«

Von nun an nahmen wir Lea häufiger auf den Schoß und bald erkannte sie die ungewohnte Bewegung und weinte nicht mehr. Ein paar Tage später hatte sie bereits wieder ihren geliebten Schnuller im Mund. Während sie auf meinem Arm lag, ließ sie die lange Perlenkette am Schnullerring spielerisch durch ihre Hand gleiten. Sie schmatzte zufrieden und ich genoss ihre Wärme und Nähe, während ich sie leicht auf und ab wiegte. Ich hätte noch stundenlang so sitzen können, aber Peter protestierte: »Kinder brauchen ihren Vater, weißt du? Jetzt bin ich mal dran!« Glücklich überließ ich ihm den begehrten Platz und betrachtete die beiden von der Seite. »Es geht ja doch jeden Tag ein Stückchen weiter«, dachte ich, »aber es fällt mir so schwer, geduldig zu sein und den Mut nicht zu verlieren.«

Bereits vier Wochen nach der Trennungsoperation konnte Lea von der Intensivstation auf ein normales Zimmer verlegt werden.

Ich konnte dieses Glück kaum fassen. Die Schmerzmittel wurden täglich etwas reduziert und sie hatte keinerlei Herz- oder Kreislaufprobleme. Auf der normalen Kinderstation konnte unsere Tochter nun wieder etwas mehr zur Ruhe kommen, weil nicht ständig jemand nach ihr sah und etwas an ihr veränderte. Wir begleiteten unsere Tochter in ein geräumiges Sechserzimmer. Trotz des großen Zimmers erhofften wir, dass Lea schneller genesen würde.

Eines Morgens holte ich mir eine Hose aus dem Schrank und versuchte verzweifelt, den Knopf zu schließen. Schon vor der Trennungs-OP war mir immer wieder übel geworden und einiges deutete darauf hin, dass ich schwanger war. Als ich es dann sicher wusste, hatte ich kurz mit Peter darüber gesprochen, aber zwischen all den turbulenten Ereignissen war keine Zeit, sich näher damit zu beschäftigen.

»Wir haben meine Umstandssachen nicht mit aus Deutschland gebracht«, erinnerte ich Peter und suchte nach einer weiteren Hose. »Nun passt mir bald gar nichts mehr. Ich muss dringend bei Blocks anrufen, damit Mama Block die Kleidung noch rechtzeitig zu meinen Eltern bringen kann und meine Mutter mir die Kleidung mitbringt, wenn sie uns besuchen kommen.« Peter sah mich abschätzend an. »Wo bist du denn schon dicker geworden? Ich finde, man sieht nichts.« »Sehr witzig!« Ich hatte wieder den Rock mit Gummizug angezogen und schaute kritisch in den Spiegel. »Das Baby wird wahrscheinlich Anfang März geboren und ich hatte noch gar keine Zeit, mir darüber Gedanken zu machen. Alle Tage sind so angefüllt mit Trauer um Tabea und Sorge um Lea.«

Liebevoll legte ich die Hand auf meinen Bauch und merkte nun, dass ich mich doch sehr freute. »Ich muss in meinem Herzen ein bisschen Platz für unser neues Baby machen, es wird langsam Zeit dafür.« »Wer weiß«, ulkte Peter, »vielleicht musst du ja auch Platz für zwei Babys machen!« Ich griff nach einem Kissen und warf es nach meinem Mann. »Hör bloß auf, du ...« Nun balgten wir ausgelassen herum, bis ich schließlich erschöpft auf das Bett fiel. Peter sah mich an und meinte: »Ich bete darum, dass wir unsere Fröhlichkeit nicht verlieren, weißt du? Ich freue mich schon sehr auf unser nächstes Kind.« Wir gingen scherzend hinüber ins Johns Hopkins und zum ersten Mal konnte ich das Glück genießen, bald ein Baby in meinen Armen zu halten.

Am Abend rief ich Peters Mutter an und sagte ihr, ich bräuchte Sachen aus einer Kiste im Keller. Während sie mit dem Telefon die Kellertreppe hinabstieg, erklärte ich ihr: »Wir werden bald wieder Mama und Papa und ich brauche meine Umstandsmode. Sie liegt im großen Karton gleich rechts neben der Tür. Meine Eltern sollten sie bitte mitbringen. Suchst du sie heraus?« Sie räusperte sich. »Ja, selbstverständlich, ich gucke gleich nach und gebe sie deinen Eltern mit.« Dann unterhielten wir uns noch über Leas neueste Fortschritte und sie berichtete mir, dass immer wieder Menschen Blumen an Tabeas Grab niederlegten.

Eine Stunde später erreichte uns eine SMS von ihr. »Wir freuen uns mit euch über eure neue Hoffnung. Mama und Papa.« Lächelnd zeigte Peter mir die Nachricht und meinte: »Sie war wohl doch etwas überrascht und konnte nicht sofort etwas dazu sagen.«

Meine Eltern kamen ein paar Tage später in Washington an. Peter holte sie ab und kam mit ihnen sofort zu Lea, wo Irene, Alexa und ich bereits warteten. Wir versuchten gerade die jammernde Lea etwas abzulenken und mit ihren Spielsachen zu beschäftigen. Wir waren zufrieden mit ihrem derzeitigen Zustand. Für die Großeltern war der Anblick jedoch ein

Schock. Aus den täglichen Telefonaten hatten sie geschlossen, dass es Lea bereits ganz gut ging. Aber was sie hier sahen, entsprach wohl nicht dem Bild, das sie sich gemacht hatten. Kurz nach ihrer Ankunft erschien Dr. Carson mit Carol, um uns über die Shunt-OP zu informieren. Montag sollte er gelegt werden und wir wurden nun über den OP-Verlauf aufgeklärt, um die Einverständniserklärung zu unterschreiben. Alexa übersetzte wie immer alles für uns.

Als Dr. Carson ging, fragte mein Vater: »Der Shunt?« »So wird der Schlauch genannt, der aus dem Rückenmark unten an der Wirbelsäule über die Seite in die Bauchhöhle gelegt wird. Dadurch fließt das Gehirnwasser ab und Hirndruck kann vermieden werden«, erklärte Peter. »Aber lass uns erst mal ins Kinderhaus gehen und in Ruhe zu Abend essen.«

Nach der Operation musste Lea erneut auf der Intensivstation überwacht werden, bis die Infusion durchgelaufen war. Nach der Narkose war sie wieder sehr schwach, sie wollte nichts essen und schlief viel. Fast kam mir diese OP wie ein Rückschritt vor, aber wir wurden nach wenigen Stunden wieder ins Zimmer zurückverlegt.

Am nächsten Tag machte Schwester Candy Visite bei uns: »Gut, dass Sie da sind, Sie müssen mir noch einige Angaben für Leas Entlassung machen.« Dabei hielt sie ein Formblatt in den Händen und zückte ihren Kugelschreiber. »Also, wohin wird Lea denn dann entlassen?« Verwirrt sah ich sie an. Ob ich ihr Englisch nicht richtig verstanden hatte? »Entlassen? Aber sie hatte doch gestern erst die Shunt-OP.« Geduldig erklärte uns die Schwester: »Ich weiß, aber es dauert nicht mehr lange, wenn Lea weiterhin solche Fortschritte macht. Also: Wo werden Sie wohnen, wenn die Patientin entlassen wird?« Ich hatte also doch richtig gehört. Wir machten alle gewünschten Angaben. Als Candy gegangen war, meinte ich zu Peter: »Heute schon Angaben über den Tag der Entlassung – die haben es ja wirklich eilig!« Mein Mann nickte: »Ich bin ja gespannt, wann sie uns wirklich entlassen!«

Durch die Hilfe einer deutschen Krankenschwester wurde Lea bald in ein kleineres Zimmer verlegt. Schon seit unser Rückkehr nach der Beerdigung machten wir »Schichtdienst« bei Lea. Es sollte immer jemand von uns bei ihr sein und Zeit zum Füttern, Erzählen, Singen und Spielen mit ihr haben. Also teilten wir uns die Stunden des Tages und der Nacht auf. In der Nacht war einer von uns dreien auf dem Zimmer, da nur ein Schlafsessel zur Verfügung stand. Die anderen beiden kamen dann nach dem Frühstück, um die »Nachtwache« ins Bett zu schicken. Danach blieben zwei von uns bei dem kleinen Patienten und die neue »Nachtschicht« ging nach dem Mittagessen schon einmal vorschlafen. Dieses System funktionierte gut, wir hatten viel Zeit, um Lea zurück ins Leben zu helfen.

Sie musste alles neu lernen. So kostete uns zum Beispiel das Essen und Trinken sehr viel Geduld. Auch das hatte unsere Tochter verlernt. Nun schoben wir ihr langsam Löffel für Löffel in den Mund und freuten uns, wenn sie so eine kleine Portion selbst essen konnte. Auch das Trinken aus der Flasche wollte ihr nicht mehr recht gelingen. In einer halben Stunde schaffte sie nur einen kleinen Schluck.

Dafür schlief Lea nun »auf Knopfdruck« ein, wenn sie etwas nicht wollte. Einmal bat ich Peter: »Mach doch kurz noch einmal die Suppe warm, ich möchte Lea füttern.« Sie saß bereits auf meinem Schoß und wollte sich den Löffel nicht in den Mund schieben lassen. Als Peter nach zwei Minuten von der Mikrowelle zurückkehrte, war unsere Tochter bereits tief und fest eingeschlafen und wachte erst nach zweieinhalb Stunden wieder auf.

Es war deutlich zu sehen, dass Lea auch keinen rechten Appetit hatte, weil sie durch ihre Nasensonde sehr viel zusätzliche Nahrung erhielt. Immer wieder musste sie sich übergeben. In einer Nacht hatte ich dreimal die Bettwäsche wechseln und das Kind ganz neu anziehen müssen, weil sie sich so stark erbrach. Als sie sich mehrmals in hohem Bogen übergeben hatte, wurde die Portion verändert, weil man erkannte, dass es einfach zu viel für sie war. An solchen Tagen war ich oft sehr mutlos und fragte mich, ob unsere Tochter wirklich gesund werden konnte.

Sorgen machte uns noch ihre linke Körperhälfte. Das rechte Bein, den rechten Arm und die Hand benutzte Lea nun oft, aber Bewegungen der linken Seite führte sie nur sehr schwach aus. Am liebsten hatte sie es, wenn man die linke Seite gar nicht berührte und war über die Gymnastikversuche der Schwestern und unsere Anregungen sehr ungehalten.

Unsere Tochter konnte auch im Moment anscheinend nur hell und dunkel unterscheiden, sie griff nicht nach Spielzeugen, aber wir hofften, dass es noch besser werden würde.

Dr. Carson schaute immer wieder einmal nach seiner Patientin und beruhigte uns: »Das ist ganz normal, wir müssen einfach abwarten. Die Heilung dauert eben sehr lange.«

• 25. Im Childrens House •

• Am 6. November kam dann der große Tag – Leas Entlassung. Glücklich »zogen« wir aus der Klinik ins Kinderhaus um. Im Childrens House war Lea zunächst noch sehr unruhig. Sie weinte viel und brauchte ständig unsere Nähe. Einerseits waren wir froh aus der Klinik entlassen zu sein, andererseits machte ich mir Sorgen um meinen kleinen Schatz. Ob sie doch noch Schmerzen hatte? Oder war sie wohl nur verunsichert wegen der neuen Umgebung? Schritt für Schritt mussten wir nun wieder lernen mit ihr umzugehen.

Da wir den Eindruck hatten, dass sie nichts sah, war es wichtig, dass wir viel mit ihr sprachen und alles erklärten, damit sie nicht mehr so ängstlich war. Acht Wochen Klinik hatten sie durch ständige Behandlungen und Schmerzen, die sie ertragen musste, sehr verunsichert.

Wir waren zuversichtlich, dass sie bald ohne Nasensonde auskommen konnte, denn sie aß täglich mehr. Trotzdem hatte sie auch heute wieder in 20 langen Minuten nur 40 Milliliter getrunken. Gewissenhaft notierte ich auch diese Portion, denn wir sollten ganz genau aufschreiben, was, wann und wie viel Lea täglich zu sich nahm. Jede Woche kam nämlich eine »Home-nurse«. Das war eine Krankenschwester, die Lea wog und ihre vitalen Werte überprüfte.

Lea weinte, sobald sie fremde Stimmen hörte und ließ sich nur ungern wickeln oder an- und ausziehen. Manchmal hatten wir den Eindruck, dass sie nicht nur Essen und Trinken ganz neu lernen musste, sondern auch das Leben selbst.

Lea lernt das Trinken neu im Childrens House

Die Ruhe in unserem Zimmer und die bekannten lieben Menschen um sie herum gaben ihr täglich mehr Sicherheit und Vertrauen zurück. So manches Mal dachte ich, wie wichtig es für Lea wohl gewesen war, dass wir sie nach der Trennungsoperation so oft in der Klinik besucht hatten.

Jeden Tag spielten wir ihr die Kinderlieder vor, die sie bereits vor der Operation gehört hatte, und freuten uns sehr darüber, dass Lea so aufmerksam zuhörte. Wir beteten darum, dass die fröhlichen Lieder ihr auch die Liebe Gottes ins Herz singen würden.

Peter und ich fanden selbst täglich im Lesen der Bibel und in Gebeten neue Kraft und Geduld. »Jetzt, nach dieser langen Klinikzeit, weiß ich, was damit gemeint ist, wenn jemand sagt: ›Der Glaube trägt mich‹«, meinte mein Mann eines Abends und schlug das Andachtsbuch zu, in dem er gerade gelesen hatte. Ich konnte das nachvollziehen. Tabeas Tod und die Nachwirkungen der Operation bei Lea stimmten mich an manchen Tagen so mutlos und traurig, dass nur noch mein Vertrauen auf Gottes Weisheit und einen Sinn in all dem mich weitermachen ließ.

Langsam machten wir uns Gedanken über die Heimreise und fragten Dr. Carson, ob wir wohl zu Weihnachten zu Hause sein könnten. Er meinte, Lea sei stabil genug für die Heimreise, aber wir sollten die plastischen Chirurgen wegen der Wunde fragen. Mit ihnen einigten wir uns auf die Woche vom 13. Dezember.

Einige Tage danach rief uns Alexa an und machte uns das beste Weihnachtsgeschenk: Wir durften bereits eine Woche früher nach Hause fliegen! Dr. Carson hätte sie beauftragt uns diese Nachricht mitzuteilen. Wir freuten uns riesig.

So buchten wir in Absprache mit der Lufthansa unseren Rückflug für den 6. Dezember.

Zwei Tage vor dem großen amerikanischen Thanksgiving-Fest, am 23. November, kam noch einmal die »Home-nurse« zu uns. Diese Gelegenheit nutzten wir dazu, Lea auch gleich zu waschen, damit unsere Tochter vom häufigen An- und Auskleiden nicht so gestresst wurde. Nach den Untersuchungen der Home-nurse bemerkten wir einen gelben Fleck auf dem Handtuch, auf dem sie gelegen hatte. Verwundert schauten wir auf Leas Kopfverband, der ebenfalls einen nassen Fleck aufwies. Wir wechselten bereits seit der Zeit im Krankenhaus zweimal täglich selbst den Verband und schnitten ihn nun schnell auf, um nachzusehen, woher die Flüssigkeit kommen könnte. Alles sah aus wie immer. So legten wir einen neuen Verband an und Lea hielt ihren Mittagschlaf. Als sie nach zwei Stunden erwachte, war der Kopfverband völlig durchnässt! Wir waren entsetzt und riefen ängstlich Alexa an, um ihr unsere Sorgen mitzuteilen. Die Übersetzerin verständigte Candy, die unsere Nachbetreuung übernommen hatte und nun sofort ins Childrens House kam, um nach Lea zu sehen. Peter öffnete erneut den Kopfverband und der Schreck fuhr uns durch alle Glieder: Aus der Wunde lief deutlich sichtbar eine gelbliche Flüssigkeit. Konnte das am Ende Gehirnwasser sein? Candy blieb ganz ruhig und meinte, wir sollten lieber Dr. Redett anrufen. Er war der plastische Chirurg, der jede Woche zweimal beim Verbandswechsel anwesend war und sich mit Leas Heilungsprozess am besten auskannte. Der Arzt ließ sich alles genau erklären und meinte: »Das könnte Wundflüssigkeit sein.« Morgen würde er operieren und wir sollten vorsichtshalber vorher, um 7.00 Uhr, in die Klinik kommen, damit er sich das selbst ansehen könnte.

Nach einer sorgenvollen Nacht trafen wir in der Klinik ein, wo uns Dr. Redett beruhigte. Zur Sicherheit sollte aber ein CT[9] des Kopfes gemacht werden, damit man sehen konnte, ob die Ventrikel nicht doch größer geworden waren. In diesen Gehirnkammern sammelt sich die Flüssigkeit und wird normalerweise von dort aus auch in die umliegenden Zellen oder ins Rückenmark abgegeben. Nach solch großen OPs sind die Zellen aber nicht mehr in der Lage dazu. Falls der Shunt verstopft war, der die Flüssigkeit vom Rückenmark aus in Leas Bauchraum fließen ließ, könnte sich bei ihr der gefürchtete »Wasserkopf« bilden. Das sollte auf jeden Fall ausgeschlossen werden.

So liefen wir voller Anspannung bereits am frühen Morgen mit unserem weinenden Kind durch die Flure der Klinik und brachten es zur nächsten Untersuchung.

Zu Hause warteten wir nervös auf einen Anruf, der uns das Ergebnis mitteilen sollte. Um 14.00 Uhr war es endlich soweit: Carol sagte uns, dass die Ventrikel tatsächlich größer geworden waren, sie müsste nun überprüfen, ob der Shunt funktionierte.

Ängstlich eilten wir in die Klinik zurück, wo Carol bereits auf uns wartete. Sie versuchte mit einer Spritze Gehirnflüssigkeit abzusaugen, während wir betend ihre Bemühungen beobachteten. Ein kleiner Tropfen fand sich schließlich in der Spritze und wir wurden sofort weiter zum Röntgen und danach zu Dr. Jallo geschickt: Der Shunt war anscheinend tatsächlich verstopft!

Wieder einmal brachten wir die weinende Lea in ein neues Untersuchungszimmer und ich sprach mit Peter über meine Sorgen: »Ich glaube fast schon wieder, dass die Welt untergeht! Wenn der Verdacht stimmt, muss noch einmal operiert werden und wir wollten doch in zwei Wochen nach Hause!« Auch mein Mann machte sich ähnliche Gedanken: »Der Shunt ist doch gerade erst gelegt worden. Wenn er jetzt schon wieder neu gemacht werden muss, wie viele weitere Operationen werden dann deshalb noch auf unsere Tochter zukommen?« Lea war vom vielen Hin und Her des Tages wieder sehr nervös geworden und ließ sich kaum von uns trösten. Endlich betrachtete Dr. Jallo die Röntgenbilder und meinte: »Der Shunt liegt goldrichtig, es muss Wundflüssigkeit sein.« Während wir mit dem Arzt sprachen, fiel uns ein, dass sich seit ein paar Tagen in den Kopfwunden kleine Blasen gebildet hatten, die Dr. Redett aber »ganz normal« fand. Sie hatten sich anscheinend geöffnet und sehr viel Wundflüssigkeit abgegeben. Dr. Jallo ermutigte uns: »Alles ist wunderbar, geht nur nach Hause und achtet auf Lea. Wenn sich ihr Verhalten nicht ändert, das heißt, wenn sie zum Beispiel ganz viel schläft oder besonders viel weint, ist alles in Ordnung.« Mir fiel ein Stein vom Herzen und ich sagte voller Erleichterung: »Gott sei Dank!«

Auch Irene war froh, als wir wieder ins Childrens House zurückkamen. Alle Untersuchungen hatten über zwei Stunden gedauert und sie hatte den täglichen Anrufern aus Deutschland mitteilen müssen, dass mit Lea etwas nicht stimmte. Nun konnten wir unsere Eltern darüber unterrichten, dass es nicht so schlimm war, wie wir dachten.

Nach dieser Aufregung genossen wir das Thanksgiving-Fest am nächsten Tag in vollen Zügen. Drei Ehepaare, die ab und zu ehrenamtlich für das Johns Hopkins im Haus arbeiteten, kochten seit den frühen Morgenstunden ein echtes Menü. Sie bereiteten drei Truthähne von unglaublicher Größe zu. Als ich am Morgen in die Gemeinschaftsküche kam, fragte ich mich, wer die wohl aufessen sollte, und war gespannt auf den Abend.

Im großen Speisesaal des Hauses wurde dann auch ein regelrechtes Festmahl serviert: Die riesigen Truthähne standen köstlich duftend und braun gebacken in der Mitte des Tisches, darum herum viele Schüsseln mit Krautsalat, Kartoffeln und anderen Köstlichkeiten. Wir genossen das Essen im festlich geschmückten Speisesaal und freuten uns mit den anderen Bewohnern des Hauses über die freundlichen Helfer, die es möglich gemacht hatten.

Dr. Carson legte Wert auf eine richtige Abschiedsparty für uns im Johns Hopkins und wir legten den 1. Dezember als besten Termin dafür fest. Am selben Tag wurde um 8.00 Uhr morgens noch ein letztes CT von Leas Kopf gemacht. Damit sollte vor unserer Abreise sichergestellt werden, dass der Shunt auch wirklich funktionierte und die Ventrikel nicht größer geworden waren. Zur Party um 15.00 Uhr würden wir dann das Ergebnis hören. Zuversichtlich machten wir uns auf den Weg, denn Lea ging es gut und wir freuten uns auf den festlichen Abschied vom Team, das so viel für uns getan hatte.

Verabschiedungsfeier mit den Ärzten in Baltimore. Im Bild v. l. n. r.: Carol J., Dr. Jallo, Dr. Schwengel, Dr. Carson, Peter mit Lea, Nelly, Dr. Redett

Ein Konferenzraum der Klinik war geschmückt worden, Carol und Candy hatten ein üppiges Buffet mit verschiedenen Getränken besorgt. Wir trafen früh genug ein, um von Carol das Ergebnis der Untersuchung zu hören: »Die Ventrikel sind vergrößert. Ich habe bereits mit Dr. Jallo darüber gesprochen, er möchte Lea morgen operieren.« Entsetzt schaute ich sie an. »Was?«, fragte ich besorgt. Carol klopfte mir liebevoll auf die Schulter und erklärte geduldig: »Keine Sorge, Dr. Jallo meint, das Ventil könnte der einzige Grund dafür sein. Deshalb müsst ihr morgen um 13.00 Uhr im Vorbereitungsraum sein: Es soll ein anderes Ventil eingesetzt werden, dieses ist wahrscheinlich zu stark, es kann sich nicht öffnen.« Wir sollten uns keine Sorgen machen? »Aber wir wollen am 6. nach Hause fliegen!«. Entsetzt sah ich mein Weihnachtsfest in Lemgo in weite Ferne rücken. Dr. Carson meinte später: »Ihr fliegt am 6. nach Hause, auf jeden Fall!«

An diesem Nachmittag hatten wir keine Gelegenheit uns darüber Gedanken zu machen, denn nach und nach traf das Team ein, um sich von uns zu verabschieden. Alle unterschrieben auf einer rosafarbenen Fleece-Decke mit dem Logo des Johns-Hopkins-Hospitals, die unser Abschiedsgeschenk war. Wir scherzten und lachten, immer wieder wurden Fotos von Lea und uns mit den Ärzten gemacht. Irgendwann nahm Dr. Jallo Carol beiseite und fragte sie: »Nelly ist doch sonst immer so spindeldürr, ob sie wohl ein Baby bekommt?« »Kann sein, habe ich auch schon dran gedacht«, vermutete Carol, »ich frage Alexa.« Alexa ging schnurstracks zu Peter, der ihre Frage bejahte. Wenig später kam eine freudestrahlende Carol zu mir und gratulierte mir laut hörbar für alle: »Das ist ja toll! Herzlichen Glückwunsch!« Die Nachricht wurde mit großer Freude aufgenommen und bald standen alle um uns herum und gratulierten zu dem erwarteten neuen Erdenbürger.

• 26. Endlich daheim! •

• Die Operation zum Auswechseln des Ventils verlief Gott sei Dank ohne Komplikationen. Doch auch dieser Eingriff war für Lea ein Rückschritt, denn sie wurde erneut sehr nervös und weinte zunächst viel. Wegen eines Medikamentes, das sie innerhalb der nächsten 24 Stunden bekommen sollte, mussten wir die Nacht in der Klinik verbringen. Wir hatten entschieden, dass ich bei Lea bleiben würde, weil ich auch im Sitzen schlafen konnte und sich unsere Tochter von mir am besten trösten ließ. Gestützt von vielen Kissen, die uns die Schwestern brachten, verbrachten wir beide die Nacht, mal wachend, mal schlafend, in einem Sessel. Schon um 8.00 Uhr morgens erschien Peter mit dem Frühstück. Gemeinsam genossen wir in Ruhe das Essen, soweit dies in der Klinik möglich war. Schon beim Frühstück teilte uns Candy mit, dass wir bald nach Hause dürften. So kehrten wir gegen 11.00 Uhr ins Childrens House zurück. Lea erholte sich von diesem Eingriff besser, als wir dachten.

Nun begann das große Kofferpacken, denn der 6. Dezember rückte näher. Es waren so viele Sachen da, dass ich Mühe hatte, sie alle in den vorhandenen Koffern zu verstauen. Wir freuten uns riesig auf den Heimflug, und ich glaube, das war die größte Motivation beim Kofferpacken.

Einen Tag vorher reiste Dr. Polster an, um uns zu begleiten und abschließende Gespräche mit den Ärzten zu führen. Wir waren wieder dankbar für seine Anwesenheit, denn er erklärte uns noch einmal alles genau und würde während des Rückflugs in einem eventuellen Notfall an unserer Seite stehen.

Nach mehr als sechs Monaten in Baltimore brach endlich unser letzter Tag in den USA an. Etwas unruhig saßen wir um 8.30 Uhr im Behandlungszimmer von Dr. Redett. Er sollte noch einmal einen Blick auf Leas Kopfwunde werfen und den Venenkatheter ziehen, den sie noch im Brustbereich hatte. Diese letzte Hürde nahm unsere Tochter besser als erwartet, denn der Katheter war schon seit der letzten Operation nur noch leicht befestigt und ließ sich gut entfernen. Sie beruhigte sich nach diesem kleinen Eingriff sehr schnell und wir kehrten bald mit ihr zum letzten Mittagessen ins Childrens House zurück. Nun ging es noch einmal heiter zu. Die letzten Sachen mussten eingepackt werden. Dinge, die wir nicht nach Deutschland mitnehmen wollten oder konnten, mussten verteilt werden. Wir hatten zusammen mit Irene so viele Sachen, dass sie gar nicht alle in unser Auto passten. So waren wir froh, dass Lucy sich anbot, uns mit ihrem Sohn zum Flughafen zu begleiten. Lea machte dieses Treiben sehr nervös und müde. Während Peter und ich die letzten Sachen packten, fuhr Irene die ganze Zeit mit ihr durch das Kinderhaus. Erschöpft von der Aufregung, schlief sie den ganzen Weg bis nach Washington.

Gleich am Eingang des Flughafens begrüßte uns die freundliche Schwester der Lufthansa, die wir schon vom Hinflug kannten. Auch diesmal hatte die Fluggesellschaft nicht nur die Kosten übernommen, sondern auch wieder das große Compartment eingebaut, in dem Lea, geschützt vor Lärm und neugierigen Blicken, gemütlich schlafen konnte. Nach der Landung in Frankfurt warteten wir, bis alle Passagiere das Flugzeug verlassen hatten. Nun waren die Medien wieder da, denn dieser Moment musste festgehalten werden. Es wurden einige Fotos im Compartment gemacht, dann ging es Richtung Ausgang. Endlich kam einer der schönsten Momente. Zusammen mit Lea verließen wir die Maschine und sahen Peters Eltern und meine Schwester mit ihrem Verlobten unten an der Treppe stehen. Es war eine Freude, die man nicht beschreiben kann – endlich daheim! In diese Freude mischte sich kurz ein trauriger Gedanke: »Wie schön wäre es, wenn jeder von uns eine Tochter auf dem Arm tragen könnte!« Doch dieser Gedanke war schnell verflogen. Wir gingen langsam die Treppe hinunter und kamen uns vor wie Prominente. Peter meinte zu mir: »Wink doch einfach mal!« Er trug Lea auf dem Arm und steuerte auf seine Eltern zu, die uns unten erwarteten. Direkt vom Flugzeug wurden wir in einen VIP-Raum gebracht und warteten, bis wir ausgecheckt waren und unser Gepäck vom Flughafenpersonal abgeholt wurde. Da das geplante Ausfahrtor von den Medien regelrecht blockiert war, verließen wir das Flughafengelände durch einen anderen Ausgang. Erst jetzt wurde uns bewusst, wie interessant unsere Ankunft in Deutschland war. In den USA hatten wir hauptsächlich durch die Berichte unserer Eltern mitbekommen, wie sehr viele Menschen Anteil an unserer Geschichte nahmen. Irgendwann konnten wir nicht mehr alle E-Mails lesen, und auch zu Hause waren in der Zwischenzeit viele Briefe angekommen. Das erzählte uns Peters Mutter auf der Heimfahrt.

Die Ankunft in Lemgo war von nicht weniger Fotografen geprägt. Viele Autos standen an der Straße, denn man erwartete uns schon.

Im Haus meiner Schwiegereltern, wo wir immer noch wohnten, empfing uns der erste Teil der Familie. Die Freunde und Verwandte hatten sich abgesprochen, uns heute oder in den kommenden Tagen nach und nach zu besuchen und nur kurz zu bleiben. So konnte Lea zwischendurch immer genug Ruhe finden und mit den leisen, fremden Stimmen um sie herum besser umgehen.

Wir verbrachten die erste Zeit hauptsächlich zu Hause, denn Lea brauchte viel Ruhe. Sie gewöhnte sich erst nach zwei Wochen an die Zeitumstellung und fand ihren eigenen Schlaf-Wach-Rhythmus wieder.

Einen Monat später stellten wir begeistert fest, dass es unserer Tochter sehr gut tat, wieder zu Hause zu sein. Sie spürte es, dass wir viel ausgeglichener und zufriedener waren und für einen regelmäßigen und ruhigen Tagesablauf sorgten. Sie kannte ihre Umgebung bereits sehr gut und fühlte sich wohl. Dies äußerte sich in ihrem Verhalten. Oft saß Lea gelassen in ihrem Stuhl und versuchte etwas zu erzählen. Meistens kamen ihr die besten Ideen während des Essens. Eines Tages kaute sie zufrieden auf ihrem Brot herum und brabbelte verschiedene Silben vor sich hin. Meine

Schwiegermutter, die gerade das Geschirr spülte, hörte es und wollte nachsehen, was Lea da machte. Nun kam sie leise zu uns und schaute wortlos hin, weil sie wusste, dass unsere Tochter sich beim Essen schnell ablenken lässt. Dabei ging sie mehrmals hin und her. »Sie folgt mit den Augen!«, rief ich begeistert. Denn jedes Mal, wenn meine Schwiegermutter an ihr vorbeiging, schaute sie in dieselbe Richtung. Es war das erste Mal, dass ich 100%ig sicher war, dass Lea etwas sah. Wenn das wirklich so war, musste ich mehr herausfinden. Nun fing ich an, verschiedene Spielchen zu machen, um festzustellen, ob sie sehen konnte. Ich schlich mich bei lauter Musik auf leisen Sohlen von verschiedenen Seiten an ihren Laufstall heran, in dem sie gerade spielte. Tatsächlich schaute Lea sofort zu mir, als ich am Rand des Gitters erschien. Das versuchte ich mehrmals, auch mit bunten Spielsachen, bis wir sicher waren, dass Leas Sehfähigkeit sich verbessert hatte. Nun gab es wieder einen Grund mehr für uns zum Danken und Hoffen.

Als es draußen etwas wärmer wurde, ging ich mit Lea gern spazieren. Unser Ziel war meistens Tabeas Grab. Manchmal kam Enrico, Leas vierjähriger Cousin, mit. Für ihn waren Tabea und Lea immer eins. Erst bei Tabeas Tod musste er sie unterscheiden lernen. Gern erzählte er Lea alles, was um sie herum geschah. Eines Tages, als wir wieder unterwegs waren, meinte er: »Gleich gehen wir zum Friedhof, Lea, zu Tabea. Dann machen wir den Wagen hoch und du kannst gucken, wo Tabea begraben ist – ja?«

Irgendwann in dieser Zeit saß ich in unserem kleinen Zimmer und hatte die Post um mich herum ausgebreitet. Wo sollte ich beginnen? So viele Briefe und Fragen waren noch nicht beantwortet. Ich wusste nicht, woher ich die Zeit und die richtigen Worte für all diese lieben Menschen nehmen sollte, die ihre Anteilnahme an unserer Geschichte ausgedrückt hatten.

Bisher hatte ich die Briefe nach dem Datum sortiert und einigermaßen geordnet in Schachteln abgelegt. Manche hatte ich in den letzten Wochen beantworten können, nun aber lag immer noch unbeantwortete Post vom November vor mir. Manche Schreiben kamen direkt in der Mittagspause an, während Lea schlief, und ich antwortete schnell mit ein paar Zeilen. Kopfschüttelnd betrachtete ich nun die große Aufgabe und wusste bereits, dass ich es nicht mehr schaffen würde. Wenn das Baby erst einmal da war, würde ich noch mehr zu tun haben. Schon jetzt nahmen die Termine mit Krankengymnastik und Physiotherapie für Lea einen großen Raum meiner Zeitplanung ein.

Außerdem kamen immer noch Geschenke für uns an: ein handgeknüpfter Teppich und ein selbst gestrickter Pullover für Lea. Eine Familie hatte sogar ein Lied für Tabea geschrieben und eine CD damit für uns aufgenommen.

Ich nahm einige Briefe in die Hand und las noch einmal die herzlichen Worte und aufrichtigen Fragen. »Wo nehmen Sie die unglaubliche Kraft her?« »Wieso hat Gott Tabea während der Operation allein gelassen?« »Ich bewundere Sie als neue Vorbilder in unserer modernen Zeit.« Und immer wieder Zeilen von anderen Christen, die für uns beteten und sich für die Offenheit bedankten, mit der wir über unseren Glauben sprachen.

Peter kam herein und ich wies auf die vielen Briefe. »Die kann ich niemals alle beantworten!«, seufzte ich unglücklich. Er setzte sich zu mir auf das Sofa und antwortete: »Ich auch nicht, tut mir Leid, ich habe in meinem Beruf genug zu tun und dann noch die Kinderarbeit in der Gemeinde. Außerdem bin ich auch nicht so gut im Briefe-Schreiben.« »Aber die Leute fragen, wie wir das alles geschafft haben, und fragen nach unserem Glauben, ich muss das einfach beantworten.« Peter zuckte die Schultern. »Schreib doch ein Buch darüber, das haben wir doch schon mehrmals gedacht.« »Ja, aber das war doch im Scherz! Ich kann doch kein Buch schreiben!« »Dann such dir doch jemanden, der dir hilft. Ich muss jetzt wieder rüber, bis heute Abend!« Er gab mir einen Kuss auf die Nasenspitze und verschwand. Nachdenklich betrachtete ich all die bunten Briefe und mein Blick fiel auf das kleine Buch in Spiralbindung, das meine Freundin Vika uns zur Geburt der Zwillinge geschenkt hatte. Zartrosa Blätter und Margeriten am Rand jeder Seite luden zum Schreiben ein. »Vika war schon immer so romantisch veranlagt«, dachte ich schmunzelnd und nahm es in die Hand. »Die wunderbarsten Geschichten schreibt das Leben – Die Geschichte von Lea und Tabea Block« hatte sie bereits als Titel verfasst. Dann ein Gedicht und ein persönlicher Brief von ihr auf den nächsten Seiten. Ich blätterte weiter und fand vier von mir beschriebene Seiten. Letztes Jahr wollte ich schon beginnen, die Geschichte für unsere Zwillinge aufzuschreiben, aber dann waren immer neue Untersuchungen gekommen und die beiden forderten mich als Mutter immer mehr. So war es bei den Anfängen geblieben. »Möge euer Leben dazu beitragen, dass Gottes Liebe Menschen erreicht.« Das hatte ich gleich auf die erste Seite geschrieben. Ich las weiter und erinnerte mich wieder. Vor zwei Jahren hatte alles, ebenfalls im Februar, begonnen. Während meine Gedanken zu wandern begannen, reifte der Entschluss in mir, es tatsächlich wahr zu machen und ein Buch über unsere Geschichte zu schreiben.

• 27. Dorothea •

• Es war Sonntag, der 6. März 2005. Seit dem Aufwachen hatte ich Rückenschmerzen und spürte deutlich die ersten Wehen. Lea, die diese Nacht wieder mal in unserem Bett verbracht hatte, wachte langsam auf. »Es könnte ein Sonntagskind werden«, meinte ich zu Peter, der auch noch nicht so recht wach war. »Sonntagskind?«, verwirrt schaute er mich an. Dann schlug er sich an die Stirn: »Sonntagskind!« Aufgeregt sprang er auf und fragte: »Müssen wir losfahren, hast du Wehen?« Lachend zog ich ihn wieder auf das Bett zurück. »Ich muss erst noch meine Sachen zu Ende packen. Du kannst in der Zeit noch Lea anziehen und füttern. So eilig ist es nicht. Ich habe Wehen, aber noch nicht so stark und in unregelmäßigen Abständen.«

Sofort zog Peter Lea an und ging in die Küche. »Heute wird dein kleiner Bruder geboren«, flüsterte er ihr dabei zu, »na ja, oder deine kleine Schwester.« Nun kam er noch einmal zurück und steckte den Kopf durch die Tür: »Geht es dir auch wirklich gut?« »Keine Sorge!«, ermunterte ich ihn, aber ich war froh, dass er mir Lea abnahm. Ich war doch etwas aufgeregt und die Wehen wurden nun immer stärker.

Wir waren dankbar, dass wir Lea bei unseren Eltern lassen konnten. Vielleicht könnte ich etwas mit Peter spazieren gehen, um die Geburt besser voranzubringen. Ich drückte unsere Tochter noch einmal ganz fest: »Wenn wir uns wiedersehen«, raunte ich ihr zu, »bringe ich dir ein kleines Geschwisterchen mit.« Lea lachte und zog begeistert an meinen Haaren.

Es war sehr kalt draußen, Schnee lag auf den Straßen und Gehwegen. Peter zog sich den Schal enger um seinen Hals und schlug nach einem kurzen Rundgang durch den Park vor: »Wir sollten lieber nur im Auto spazieren fahren. Der Weg zu Fuß ist zu gefährlich für dich.« »Und viel zu kalt!«, pflichtete ich ihm bei.

Als wir im Auto saßen, beschlossen wir durch die Neubausiedlungen zu fahren und Häuser anzusehen.

Ich konnte mich jedoch kaum auf Erker, Dachpfannen oder Gauben konzentrieren, denn die Wehen wurden nun immer stärker.

Als wir gegen 19.00 Uhr nach Hause kamen, aßen wir noch in Ruhe

Abendbrot und machten uns dann gegen 20.00 Uhr auf den Weg in die Klinik. Es dauerte noch bis nach Mitternacht und am 7. März, um 0.44 Uhr, wurde unsere dritte Tochter Dorothea mit 3500g und 52cm geboren. Wie ihr Name aussagt, war sie für uns ein »Geschenk Gottes«.

Es ging mir sehr schnell wieder gut, dennoch verbrachte ich vier Tage in der Klinik und kümmerte mich um unser Baby.

Am Donnerstag holte Peter mich und Dorothea ab. Zu Hause wartete Lea schon. Sie freute sich sehr, mich zu sehen und begrüßte mich mit glücklichen Küsschen. Während meines Krankenhausaufenthalts hatte sie mich nur einmal mit Peter besucht. Nachdem wir eine Weile fröhlich gespielt und geschmust hatten, begann Dorothea plötzlich zu weinen. Aus dem anfänglichen leisen Meckern wurde schnell lautes Schreien und Lea riss entsetzt die Augen auf. Sie lauschte nur kurz den ungewohnten Klängen und fing dann an, lauthals mitzubrüllen. Peter und ich versuchten sie zu trösten, aber es hatte keinen Zweck: Zu laut und schrill waren diese neuen Töne für unsere Große. Schließlich nahm ich Dorothea mit ins Nebenzimmer und stillte und wickelte sie dort. Am Abend beschlossen wir, Lea nun langsamer an die neue Schwester zu gewöhnen. So schlief Peter mit Lea in unserem Schlafzimmer, ich machte es mir mit Dorothea unten im Arbeitszimmer bequem. Wir wollten auf jeden Fall vermeiden, dass Lea von Dorotheas Weinen geweckt wurde. Denn Lea schlief immer noch unruhig und uns war es wichtig, dass sie ihre Ruhe hatte. Am Tage, wenn Lea wach war und gut gelaunt, sollte sie ihre Schwester besser kennen lernen. Nach und nach wollten wir sie und ihr Schreien dann näher zu Lea bringen, bis diese keine Angst mehr hatte. Wenn Dorothea zufrieden und satt war, legte ich sie zu Lea aufs Bett und erklärte ihr immer wieder, dass sie eine kleine liebe Schwester hat. Sie lauschte nun interessiert den glucksenden Babygeräuschen und hatte sich nach ein paar Tagen auch an das lautere Schreien gewöhnt. Obwohl Lea nicht mehr weinte, wenn sie Dorothea hörte, war sie doch noch sehr nervös. Eines Abends kam Peter von der Arbeit und spielte gerade mit Lea, als Dorothea ihr Konzert begann. Im gleichen Augenblick lachte Lea los. »Was machst du denn? Freust du dich, dass du Dorothea hörst?« »Jaja!« »Lea freut sich jetzt immer, wenn sie Dorothea hört«, erklärte ich Peter. Ich hatte nämlich versucht Lea die Angst vor Dorothea zu nehmen und ihr gesagt, sie solle sich immer freuen, wenn sie Dorotheas Stimme hört.

Lea mit Dorothea (Mai 2005)

Im März und April merkten wir, dass Lea sich immer besser auf Besucher und fremde Menschen einstellen konnte. Wenn nun jemand zu uns kam, lauschte sie erst einmal aufmerksam, wer das sein könnte und ob er vielleicht eine Behandlung mit ihr vorhaben könnte. Wenn die anderen Leute dann freundlich mit ihr sprachen, sie aber ansonsten in Ruhe ließen, ließ ihre Anspannung nach. Gerne begann sie dann mit ihren kleinen Vorführungen, die bei allen Verwandten und Freunden immer wieder Entzücken auslösten. Wir fragten meist: »Wo ist dein Ohr, Lea?« Sofort griff sie mit der rechten Hand an ihr Ohr. Daraufhin fragten wir: »Hast du noch ein Ohr, wo ist das andere Ohr?« Unsere Tochter griff dann umständlich mit der rechten Hand an ihr linkes Ohr und freute sich über die Begeisterung der Zuschauer. Meist waren die zunächst etwas irritiert und erkundigten sich bei uns, ob sie denn immer noch nicht die linke Seite bewegen könne. Lea benutzte tatsächlich die linke Hand noch nicht aktiv, hatte aber Spaß daran, sie mit der rechten zu ergreifen und herumzuschwenken. Das tat sie gerne, wenn wir dann nachfragten: »Wo ist deine Hand, Lea?« So ging es eine Weile weiter, denn inzwischen kannte sie sehr viele Körperteile und wollte das auch gerne immer wieder zeigen.

Im Mai kamen mit dem langen Himmelfahrtswochenende auch unsere ersten Urlaubstage als Familie auf uns zu. Wir hatten uns eine kleine Ferienwohnung in Burhave an der Nordsee gemietet. Dort wollten wir die freien Tage genießen und ich würde wieder mit Constanze einige Kapitel vom Buch schreiben. Noltings hatten im selben Haus eine Wohnung gebucht, sodass wir uns oft besuchen und alles besprechen konnten.

Unsere Mädels überstanden die mehrstündige Autofahrt problemlos. Trotzdem war es spät, als wir am Mittwochabend ankamen. So packten wir nur noch unsere Sachen aus und gingen schnell schlafen.

Der Donnerstag begann mit einem ruhigen Familienfrühstück. Lea bemerkte die neue Umgebung und lauschte intensiver auf alle Geräusche. Später wollten wir mit den Kindern an die Nordsee gehen, um uns eine Brise frischer Meeresluft um die Nase wehen zu lassen. Aber kaum hatten wir den Strandweg betreten, schlief unsere große Tochter auch schon ein. Nun war es besser umzukehren, denn anscheinend wollte sie bereits ihren Mittagschlaf beginnen. Seufzend packten wir also Kinder und Wagen wieder ein und fuhren zurück zum Haus.

Am Samstag wollten wir die Zeit von Leas Mittagsschlaf nutzen, um mit Dorothea durch ein paar Geschäfte zu bummeln und vielleicht ein passendes Geschenk zum Muttertag zu finden. Ich brachte das Babyphon hinunter zu Constanze, die am Laptop saß und an einem Kapitel schrieb. »Kannst du auf Lea aufpassen? Sie schläft gerade, wir wollen ein bisschen ins Dorf fahren.« Unsicher sah sie mich an. »Und wenn sie aufwacht?« »Ach, die schläft noch lange und wenn sie doch wach wird, rufst du auf dem Handy an, dann bin ich gleich da!« Ich warf ihr einen aufmunternden Blick zu und stieg zu Peter ins Auto.

Etwa eine halbe Stunde später erreichte uns ein Anruf. Constanze hielt das Babyphon ans Handy und wir hörten Lea erzählen und zwischendurch unwillig jammern. »Nein, sie schläft nicht wieder ein. Geh bitte hoch, hol sie aus dem Bett und sprich mit ihr, ich bin gleich da!« Eilig und mit klopfendem Herzen stiegen wir ins Auto. Natürlich würde Lea nichts geschehen, das wusste ich, aber würde sie sich von einer fast fremden Frau trösten lassen? Bisher war ich immer dabei gewesen, wenn Constanze kurz mit ihr gesprochen oder gespielt hatte, und nun hoffte ich, dass unsere Tochter auch diese neue Situation gut überstehen würde. Als ich die Haustür aufschloss, machte ich mich auf ihr Weinen gefasst, aber nichts dergleichen war zu hören. Schnell betrat ich die Wohnung und sah Lea auf Constanzes Schoß im Sofa sitzen. Sie hatte ihre geliebte Puppe

Lisa im Arm und lauschte dem Gesang der »Babysitterin«: »Gottes Liebe ist so wunderbar, so wunderbar groß!« Anscheinend ging es ihr ausgezeichnet und sie hatte eins ihrer Lieblingslieder wiedererkannt. Mit Liedern und einem Fingerspiel hatten die beiden die kurze Zeit bis zu meiner Ankunft gut überbrückt. Lea hatte nur kurz geweint und sich dann schnell auf die neue Betreuungsperson eingestellt. Dankbar registrierte ich einen weiteren Fortschritt in der Entwicklung und Heilung unserer Tochter.

Viel zu schnell vergingen die vier Tage in Burhave. Auch Lea hatte den Kurzurlaub sichtlich genossen. Wieder einmal spürte sie die Stimmung ihrer Eltern: Wir waren entspannt und ausgeglichen und freuten uns über die gemeinsame Zeit mit den Kindern. So lag auch sie fröhlich erzählend und spielend auf dem Fußboden und drehte sich nun sehr häufig hin und her.

Nach dieser guten Erfahrung freuten wir uns nun noch mehr auf unseren längeren Urlaub im Sommer.

• 28. Zukunft und Hoffnung •

• Wir hatten im Garten ein Schaukelgerüst und einen Kletterturm aufgebaut und Lea schaukelte seit ein paar Tagen ausgesprochen gern dort. Wann immer das Wetter es möglich machte, gingen wir hinaus. Seit sie so unbeweglich und hilflos im Krankenhaus gelegen hatte, hatte ich es mir angewöhnt, alle unsere Handlungen zu kommentieren und ihr zu erzählen, was geschah. Auch heute bereitete ich sie auf diese Weise auf unseren Ausflug in den Garten vor. Als Lea das Wort »Schaukel« hörte, freute sie sich sehr und konnte es kaum noch abwarten. Wenig später saß sie glücklich in dem kleinen schwingenden Sessel und begann zu erzählen. Ich lauschte aufmerksam ihren Silben und überlegte, welches Wort sie wohl als Nächstes nachsprechen würde oder zu welchen Sprachspielen ich sie heute animieren könnte. Manchmal sagten wir zusammen: »Haha-hihi-hoho-hehe-huhu«. Das fand unsere Lea sehr witzig und ihre Artikulation wurde immer deutlicher.

Heute hatte sie neue Silben gefunden: »Koko-iiiih, koko-iiiih«, wiederholte sie eindringlich und ich ermutigte sie: »Lea, sag: Krokodil, Krokodil!« Sie lauschte interessiert, das Wort klang schön und sie sprach begeistert nach: »Koko, Koko!« »Ja, und jetzt dil!« »Diie«, ahmte sie nach. »Ja, Kokodil!« Wir lachten zusammen. Lea aus Freude über ein neues Wort und ich darüber, dass »Krokodil« sicher nicht zum wichtigen Wortschatz für Zweijährige gehört. Aber das war egal. Inzwischen kannte Lea viele Worte und wusste deren Bedeutung, wenn sie sie hörte. Nun sollte sie immer mehr üben, auch vieles selbst zu sagen, und dazu fingen wir mit Silben an, die sie bereits aussprechen konnte. »Das war gut«, ermutigte ich sie deshalb, »am ›r‹ arbeiten wir noch, nicht wahr? Sag: »Ja, ja, Lea!« Begeistert folgte sie meiner Aufforderung und meinte: »Jaja!«

So schaukelten und sprachen wir, bis Dorothea mit ernster Stimme ihre einzige Silbe weinte: »Eng, eng!« Wenn sie Hunger hatte, klang ihr Schreien tatsächlich so, als riefe sie: »Eng!« Ich hob Lea aus der Schaukel und ging mit den beiden hinein. »Für deine kleine Schwester wird's jetzt eng, wir müssen wieder rein!«

Ein paar Tage später saß ich auch wieder auf dem Sofa und stillte Dorothea, während Lea auf dem Bett mir gegenüber lag und immer wieder nach den Spielsachen neben sich griff. Erfreut beobachtete ich, wie sie sich ein Teil nach dem anderen holte und es vor ihr Gesicht hielt. Ob sie versuchte, es zu erkennen? Dann schüttelte sie die Dinge, um auf Geräusche zu warten oder begann an den Spielsachen zu kauen, bis sie sie wieder neben sich warf. Es sah fast so aus, als suche sie nach etwas Bestimmtem und ich wartete gespannt, ob sie etwas finden würde, mit dem sie länger spielen könnte. Lea erzählte wieder einmal laute Silben vor sich hin und lauschte zwischendurch den Liedern vom CD-Spieler. Plötzlich griff sie mit dem rechten Arm weit nach links und rollte auf die Seite. Nun konnte ich es nicht mehr aushalten und musste sie ein wenig anfeuern, obwohl ich schon ahnte, dass Dorothea deshalb protestieren würde, denn sie mochte es gar nicht, wenn ich beim Stillen sprach. »Super, Lea«, kommentierte ich, »willst du auf der Seite liegen? Gut gemacht, dreh dich doch noch ein bisschen weiter!« Unsere große Tochter hörte meine Stimme und lachte, während die kleine zu schimpfen begann. Die Milch lief ihr dabei aus dem Mund. »Dorothea, du kannst nicht trinken und gleichzeitig sprechen, weißt du das denn nicht?« Es schien sowieso Zeit für ein Bäuerchen zu sein und ich legte sie an meine Schulter, wo ich sanft ihren Rücken streichelte. Lea gab sich in der Zwischenzeit mir gegenüber einen Ruck und rollte auf den Bauch. »Ja, klasse!«, rief ich begeistert. »Noch ein Stückchen weiter rum und du hast dich gedreht. Los, versuch es mal, weiter geht's!« Anscheinend machte es ihr Spaß, sie bewegte sich geschickt und lag tatsächlich ein paar Sekunden später wieder auf dem Rücken. Ich war außer mir vor Freude: »Du hast dich gedreht, Lea, ganz allein, zum ersten Mal! Super, Lea, ganz super!« Unsere Tochter schien sehr erstaunt über das neue Gefühl zu sein, denn sie lachte laut los. Das war wirklich ein toller Erfolg, ich musste es sofort Peter erzählen und morgen früh sollte es die Physiotherapeutin gleich erfahren.

Am nächsten Tag eilte ich zur Haustür, um Frau Koch zu öffnen, bevor sie klingelte. »Dorothea schläft«, erklärte ich ihr leise und bat sie herein. »Guten Tag, Frau Block«, begrüßte sie mich freundlich, »dann wollen wir mal sehen, ob Lea mir heute etwas wohl gesonnener ist.« Kaum hatte sie die ersten Worte gesagt, hörten wir auch schon Leas Geschrei aus dem Wohnzimmer. Eben noch hatte sie ganz zufrieden im Laufstall gespielt, aber nun erkannte sie Frau Kochs Stimme. »Sieht nicht so aus«, seufzte ich und begleitete die Physiotherapeutin zu unserer Tochter, die sich nun immer mehr über die bevorstehende Übungszeit aufregte.

Frau Koch ließ sich von Leas Protesten nicht aus der Ruhe bringen und sprach mit sanfter Stimme zu ihr. Sie legte sie auf den Tisch, der mit einer kleinen Matte und einem Handtuch weich genug war, um darauf Übungen zu machen. Bevor sie begann, sah sie auf die Uhr. Sollte Lea wieder die ganze Zeit schreien, würde sie nicht länger als zehn Minuten mit ihr arbeiten.

Kopfschüttelnd sah ich zu, wie Frau Koch die Vorübungen zum Krabbeln mit unserer weinenden Tochter durchführte. Ganz sicher tat es ihr nicht weh, die vorsichtigen Bewegungen waren auch nicht zu anstrengend. Trotzdem schrie Lea vom Anfang bis zum Ende der Zeit, seit die Physiotherapie vor fast einem halben Jahr begonnen hatte. Dreimal in der Woche ertrug Frau Koch das mit Engelsgeduld und wir sahen trotz Leas Unwillen bereits einige Fortschritte. Inzwischen begann sie vorwärts zu robben, dazu zog sie beide Beine an und drückte sie wieder vom Körper weg. Wenn wir ihr halfen, stellte sie sich auch auf die Knie und stützte sich mit den Händen ab. Weil auch der linke Arm immer kräftiger und die Hand beweglicher wurde, hofften wir sehr, dass sie bald mit dem Krabbeln beginnen würde.

Nach den heutigen Übungen gab mir Frau Koch Lea auf den Arm und ich sprach behutsam auf sie ein. Innerhalb weniger Minuten beruhigte sie sich, denn sie wusste, dass die Übungszeit nun beendet war. Frau Koch nahm ihre Tasche und verabschiedete sich. Lea hatte das genau mitbekommen, strahlte nun und winkte mit der rechten Hand. Dazu sagte sie:

»Tsüss!« Wir lachten herzlich über den freudigen Abschied und hofften wie immer, dass es beim nächsten Mal einfacher würde.

Zwei Tage später war Lea während der Physiotherapie sehr müde. Sie hatte in der Nacht sehr unruhig geschlafen und noch keinen Mittagsschlaf gemacht. Sie weinte nur kurz, als Frau Koch hereinkam, und ließ sich dann willig von ihr auf den Tisch legen. Müde ertrug sie die Übungen zum ersten Mal ohne Geschrei. Die Therapeutin war begeistert: »Na, Lea, so wird das ja doch was mit uns beiden«, sprach sie freundlich mit der kleinen Patientin. »Nun kannst du dir ganz genau merken, dass unser Turnen hier gar nicht wehtut. Ich möchte nichts Schlimmes von dir, es wird dir bald sogar Spaß machen, du wirst sehen.« Aufmerksam hörte Lea zu und hielt sogar ihre Hand hoch, als Frau Koch sie darum bat. Beim Abschied meinte diese zu mir: »Vielleicht war das der Durchbruch und sie weint nun nicht mehr und macht besser mit.«

Die Besprechungen mit unserem Kinderarzt Dr. Bruns und ein paar Tage später mit Frau Koch waren dann auch von sehr viel Zuversicht und Hoffnung geprägt. »Ich bin erfreut über Leas große Fortschritte«, teilte uns der Arzt mit. »Wenn wir uns vorstellen, dass sie nach der Operation alles neu lernen musste, hat sie bisher erstaunlich viel geschafft. Sie kennt ungewöhnlich viele Worte und ihre Bewegungen werden auch immer gezielter.« Die Physiotherapeutin konnte das nur bestätigen. »Leas linke Körperseite gewinnt immer mehr an Kraft, es scheint nun kein Wunschtraum mehr zu bleiben, dass sie bald krabbelt. Ihre Beine sind schon sehr stark und ihr Gleichgewichtssinn scheint in Ordnung zu sein, sodass sie auch laufen lernen wird.« Dr. Bruns blätterte in seinen Unterlagen und wir beschlossen, dass ein Aufenthalt in einer Reha-Klinik nicht unbedingt erforderlich war. »Welchen Eindruck haben Sie von den Fortschritten in der Blinden-Frühförderung?«, fragte er dann. Ich seufzte: »Sie weint sehr viel, wenn fremde Menschen etwas mit ihr machen wollen und arbeitet hier noch nicht richtig mit. Im Moment versucht man herauszufinden, was und wie viel sie überhaupt sieht. Ob sie bestimmte Farben bevorzugt oder besser erkennen kann. Es wird aber wohl noch eine Weile dauern, bis man hier Genaues sagen kann.« Dr. Bruns nickte: »Der Heilungsprozess dauert sehr lange, es kann sein, dass Lea noch besser sehen lernt, so wie sie auch wieder lernt, die linke Körperseite zu benutzen. Vielleicht wird sie aber immer stark sehbehindert bleiben, wir müssen weiter Geduld haben und abwarten.«

Wenig später verabschiedeten Peter und ich uns und verließen die Praxis. Die warme Maisonne strahlte einladend vom Himmel und wir beschlossen, uns auf dem Rückweg noch ein Eis zu kaufen. Während wir durch die wunderschönen Straßen der Altstadt Lemgos wanderten, entdeckte Peter eine Bank, die uns zum Verweilen einlud. Die Sonnenstrahlen wärmten mein Gesicht und ich genoss das köstliche Eis. Peter begann zu sprechen: »Ich bin Gott sehr dankbar, Nelly. Lea entwickelt sich wunderbar, Dorothea ist gesund und fröhlich, wir haben eine eigene Wohnung gefunden und wir beide sind trotz all der schweren Erlebnisse glücklich miteinander. Ich glaube, ich liebe dich jeden Tag mehr.« Ich ließ seine Worte auf mich wirken und fand, dass ich ebenso zufrieden war. Leas Fortschritte waren eine große Freude und Dorotheas Entwicklung war nach der anstrengenden Babyzeit der Zwillinge ein ganz besonderes Erlebnis. Auch wenn so Freude, Dankbarkeit und Zuversicht überwogen, wusste ich jetzt schon, dass Tabea immer einen ganz besonderen Platz in meinem Herzen haben würde. Traurig sprach ich mit Peter darüber: »Im Moment ist der Schmerz immer noch sehr groß und manchmal kommen auch all die vielen Fragen zurück. Aber es ist ein guter Weg für uns, anzunehmen, was Gott uns gibt und abzugeben, was er uns nimmt.« »Ich fürchte«, ergänzte Peter, »wir haben in den letzten Jahren erst angefangen, das zu lernen.« Wir standen auf und gingen zum Auto. »Was meinst du denn, was jetzt noch kommen kann, das uns helfen würde es noch besser zu lernen?«, fragte ich belustigt. »Jetzt kommt das Leben«, sagte Peter, »jetzt kommt die Zukunft.«

Dieser Weg, den wir beschrieben haben, liegt hinter uns – die Zukunft liegt vor uns. Wir durften erfahren – Gott ist da –, auch wenn es im Leben nicht immer so geht, wie wir es uns wünschen. Er ist der Meister, der das Muster vom Teppich unseres Lebens kennt, obwohl wir oft nur das Gewirr der Fäden sehen. Er kennt unser Leben, deshalb wollen wir ihm auch in Zukunft vertrauen. Es lohnt sich! Mit diesem Buch möchten wir jeden ermutigen, sich Gott ganz anzuvertrauen. Du bist ihm nicht egal. Sage Gott, was dich bewegt. Er kennt dich. Dein Leben ist wertvoll in seinen Augen, deshalb lass ihn Herr in deinem Leben sein. Er möchte dich retten, dich trösten und dir Freude schenken.

Familie Block im April 2005

• Epilog von Constanze Nolting •

• Wir sitzen unter dem Sonnenschirm auf der Terrasse und genießen den beginnenden Sommer. Nelly stillt Dorothea, Lea spielt auf einer Decke im Gras. Unser Sohn Jonas versucht sie zum Krabbeln zu bewegen, aber Lea ist von seinen Vorführungen anscheinend so fasziniert, dass sie ihn nur begeistert beobachtet. Wie viel sie wohl wirklich sehen kann? Deutlich ist auf jeden Fall, dass sie ihren Spaß hat. Peter sitzt neben ihr und kommentiert Jonas' verrückte Turnübungen. Nun kommt unsere große Tochter Tabea aus dem Haus, erhebt die Hand zum Gruß und verabschiedet sich: »Tschüss dann, bin bei Nati!« Nelly schaut ihr lächelnd hinterher und ich erkläre: »Sie übernachtet heute wieder auswärts.« Mein Mann Matthias bringt den Kaffee heraus und stellt ihn auf den Tisch: »Es ist serviert, meine Damen und Herren!«

Als wir am Tisch sitzen, klopfe ich an meine Tasse und erhebe mich: »Ich möchte nun eine kleine Rede halten!« »Hört, hört!«, ruft Matthias begeistert und klatscht schon einmal. Ich räuspere mich. »Ja, also, nun sind wir tatsächlich fertig geworden.« Mein Blick fällt auf das Manuskript vor mir auf dem Tisch. »Ich möchte mich bei euch bedanken, Nelly und Peter. Vielen Dank, Nelly, dass ich deine Geschichte aufschreiben durfte. Es hat mir viel bedeutet, dass du die Ereignisse und Gefühle mit mir geteilt hast und ich ihnen Worte geben durfte. Ich werde das nie vergessen und deine Erfahrungen werden nun immer auch ein Teil meines Lebens sein. Du hast mich damit reicher gemacht, dafür danke ich dir. Meinem Mann Matthias möchte ich danken, dass er mir ›den Rücken frei gehalten‹ hat und noch ein paar Wochen länger auf seinen Traum – ein Kellerkino – verzichtet hat, weil ich so viel geschrieben habe. Ohne deine Liebe und deine Unterstützung hätte ich keine Zeile schreiben können – vielen Dank, mein lieber Mattis!« Nelly schaut mich an. »Oh, kannst du schöne Reden halten. Du solltest Schriftstellerin werden!« »Sollte ich? Na, dein Wort in Gottes Ohr!« Ich setze mich und Lea, die das Wort »Ohr« aufgeschnappt hat, steckt sich erst einmal das Butterhörnchen in ihr eigenes Ohr. Dabei sagt sie begeistert: »Oh, Oh!« Wir lachen und Mattis ruft uns zur Ordnung: »Herrschaften, nun wollen wir auch noch Gott danken, ohne den dieses Manuskript und dieses entzückende Kind nicht mit uns am Tisch säßen.« Jonas protestiert: »Das Buch kann doch nicht sitzen!« Wir senken schmunzelnd die Köpfe zum Gebet und ich schließe die Augen.

»Die wunderbarsten Geschichten schreibt das Leben. Danke, Gott, dass ich ein Stück von deinem Horizont sehen darf und nicht in meiner eigenen Begrenztheit leben muss!«

---

[1] Mit Gemeinde ist die Gemeinschaft der Christen einer Konfession in einem Ort gemeint.

[2] Kardiotokogramm, CTG, Aufzeichnung der Herzschlagfrequenz des Kindes und der Wehentätigkeit in der Spätschwangerschaft und während der Geburt.

[3] Magnetresonanz-Tomographie (=MRT bzw. Kernspintomographie) des Gehirns: Untersuchung, bei der mit Hilfe von Magnetfeldern die Gehirnstrukturen in Schnittbildern aus verschiedenen Blickrichtungen dargestellt werden können. Die MRT ist das Verfahren, mit dem man die genauesten Bilder vom Gehirn errechnen kann. Für die Untersuchung muss man mehrfach hintereinander für einige Minuten ruhig in dem Gerät, das umgangssprachlich häufig als »Röhre« beschrieben wird, liegen. Das Gerät macht bei der Erzeugung der Magnetfelder Lärm, das Verfahren gilt dafür aber als absolut ungefährlich.

[4] Wir hatten das Buch »Begnadete Hände« von Dr. Ben Carson und Cecil Murphey gelesen. Erschienen in der deutschen Übersetzung bei Gerth-Medien, Asslar, 5. Auflage 2004.

[5] »Oh, diese Mädchen sind so süß!«

[6] »So niedlich, die Mädchen! Süße, kleine Mädchen!«

[7] »Es tut mir so Leid für Tabea!«

[8] Jesaja 55,8+9, nach der Übersetzung Martin Luthers, 1984

[9] Computertomographie (CT) des Kopfes (von griech. tomein=schneiden, weil man Schnittbilder herstellt): Untersuchung, bei der mit Hilfe von Röntgenstrahlen der Kopf in dünnen Schichten dargestellt wird. Die CT-Untersuchung nutzt man, wenn man rasch (es dauert nur wenige Minuten) eine Übersicht über das Gehirn braucht und außerdem für gezielte Fragen, die sich durch Röntgen am besten untersuchen lassen, z. B. Knochenstrukturen oder Verkalkungen.

· Zeittafel ·

19.10.2002	Hochzeit von Peter und Nelly Block
09.08.2003	Geburt von Tabea und Lea in Münster
04.09.2003	Entlassung aus der Klinik
03.10.2003	Umzug zu den Eltern Block
30.05.2004	Flug in die USA nach Baltimore
09.06.2004	OP für die Hauterweiterung
10.09.2004	Tabea und Lea werden in der Klinik auf die Trennungs-OP vorbereitet
11.09.2004	Beginn der Trennungs-OP und Unterbrechung
15.09.2004	Die OP wird fortgesetzt
16.09.2004	Die Kinder sind getrennt. Tabea stirbt
30.09.2004	Beerdigung von Tabea
06.11.2004	Lea wird aus der Klinik entlassen
06.12.2004	Rückflug aus den USA
07.12.2004	Ankunft zu Hause
07.03.2005	Geburt von Dorothea

• Wie die CD entstand … •

Anfang Sommer 2004 sah ich zufällig Stern TV. Da wurde gerade über Peter und Nelly Block und über ihr Schicksal berichtet. Ich sah die zwei kleinen, süßen Babys, die am Kopf zusammengewachsen waren, und die Eltern, die liebevoll und fürsorglich mit den beiden umgingen. Die Geschichte hat mich von Anfang an gepackt und bis heute nicht losgelassen. Zusammen mit meiner Familie beteten wir nun regelmäßig für die beiden Kinder und auch für die bevorstehende OP. In regelmäßigen Abständen verfolgten wir die Geschichte in den Medien.

Am Morgen des 16. Septembers 2004 erwarteten wir gespannt die Nachricht, ob die OP gelungen sei und ob es Lea und Tabea gut gehe. Doch leider hat es nur die kleine Lea geschafft. Tabea ist gestorben. Als ich das hörte, war ich sehr betroffen. Ich saß im Schlafanzug im Wohnzimmer und heulte vor mich hin. Meine kleine Tochter wollte dann wissen, was los sei. Da sie die Geschichte auch mitverfolgt hatte und genau wusste, wofür sie die ganze Zeit betete, hatte ich Hemmungen es ihr zu sagen. Ich befürchtete, sie würde nicht verstehen, warum Gott so etwas zulässt. Als ich es ihr dann doch sagte, guckte sie mich fröhlich an und meinte: »Mama, du brauchst nicht traurig zu sein: Tabea ist gestorben, aber sie ist nicht tot!«

Einige Zeit danach kamen mir immer wieder einige Gedanken und ich fing an, daraus ein Lied zu machen. Ich fragte Gott, ob es sein Wille sei. Es sollte dann für Nelly, Peter und die kleine Lea sein. Wenn dieses Lied in irgendeiner Weise ein Trost für die Familie sein könnte, sollte Gott selbst mir die richtigen Worte und die Melodie schenken. Ein paar Tage später, mit Hilfe von meinem Mann Jack, entstand das Lied »Gott ist da«.

Lena Janzen

• Lied für Tabea •

• Gott ist da •

Komposition und Text: Lena und Jakob Janzen
Arrangement: LBR Musik GbR Heinrich Löwen

Ich stelle mir vor, wie er dich jetzt in Händen hält.
Wie er dich ansieht und deinen Namen nennt.
Ich stelle mir vor, wie dein Lächeln nie mehr vergeht,
Weil du jetzt da bist, wo selbst die Liebe lebt.

Doch ich stehe noch hier, so weit weg von dir.
Mein Gott, was sage ich nun? Mein Gott, was werd ich jetzt tun?

Herr, du bist immer noch hier,
In meinem Herzen bei mir.
Du bist immer noch gut,
Machst mir immer noch Mut.
So fass ich fest deine Hand,
Ich weiß, ich bau nicht auf Sand.
Was kommt, was ist und was war –
Ich weiß gewiss: *Gott ist da.*

Und ich hatte noch so viel vor mit dir,
Hatte Hoffnung, dass ich dich nie verlier.
Hab gehofft und gebetet, dass du bleibst,
Meine heile Welt niemals so zerreißt.

So steh ich immer noch hier, so weit weg von dir.
Mein Gott, was sage ich nun? Mein Gott, was werd ich jetzt tun?

Herr, du bist immer noch hier,
In meinem Herzen bei mir.
Du bist immer noch gut,
Machst mir immer noch Mut.
So fass ich fest deine Hand,
Ich weiß, ich bau nicht auf Sand.
Was kommt, was ist und was war –
Ich weiß gewiss: *Gott ist da.*

Hospital Diospi Suyana

• Ein Krankenhaus für die Nachfahren der Inkas •

• Strohbedeckte Hütten liegen verstreut an malerischen Berghängen. Indios in bunten Trachten bearbeiten kleine Felder in atemberaubender Schräglage. In der Ferne grasen einige Lamaherden. Diese friedliche und beschauliche Idylle fordert ein Foto des Touristen geradezu heraus.

Peru ist ohne Zweifel ein bezauberndes Reiseland. Zehntausende von Touristen sind Jahr für Jahr von seinen landschaftlichen Reizen und der Vielfalt seiner ethnischen Bewohner fasziniert. Was dem Auge des Betrachters allerdings oft entgeht, ist die raue Lebenswirklichkeit der Quechua-Indianer.

In den Anden Perus leiden die Erben der einst so stolzen Inkas wie schon vor Jahrhunderten unter gesellschaftlicher Diskriminierung. So leben z. B. in der Region Apurímac über 80% der Indianer in bitterer Armut. Die meisten von ihnen wohnen in baufälligen Lehmhäusern ohne sanitäre Anlagen. Aufgrund der mangelnden Schulbildung können fast 35% der Quechuas weder schreiben noch lesen. In medizinischer Hinsicht führen Mangelernährung und Infektionskrankheiten zu einer hohen Kindersterblichkeit und einer deutlich reduzierten Lebenserwartung. Für die 500.000 Indios Apurímacs, das sich im Herzen des ehemaligen Inka-Reichs befindet, kommen auf 10.000 Einwohner gerade mal 2,8 Ärzte. Im Vergleich dazu sind es in Deutschland 33.

Hospital Diospi Suyana

Um dem Elend der Indios zu begegnen, hat das deutsche Ärzteehepaar Dr. Klaus-Dieter & Dr. Martina John mit einer Reihe von Gleichgesinnten im August 2002 die gemeinnützige Vereinigung *Diospi Suyana* gegründet. Erklärtes Ziel dieser Organisation ist der Bau und Unterhalt eines überkonfessionellen Missionshospitals in Curahuasi, Peru. Das Krankenhaus möchte den Indianern umfassende medizinische Hilfe anbieten. Die Klinik soll dazu mit einem geräumigen Bettenhaus, 4 Operationssälen, Intensivstation, Labor und Röntgeneinrichtung ausgestattet werden. Die Spenden dieses Buches werden der Einrichtung der Kinderstation zugute kommen. Ein internationales Team von Ärzten, Krankenschwestern und Handwerkern steht bereit, um mit den Peruanern vor Ort Hand in Hand zu arbeiten.

➤ So wird es aussehen – das Missionsspital *Diospi Suyana*

Hospital
Diospi Suyana

Als am 24. Mai 2005 über 3000 Quechua-Indianer den 1. Spatenstich enthusiastisch feierten, wurde deutlich, welch große Erwartungen die ansässige Bevölkerung mit diesem Vorhaben verbindet. Für Anfang 2007 ist die Einweihung des Krankenhauses geplant, das die uneingeschränkte Zustimmung der einheimischen Kirchen und Regierungsbehörden genießt.

Das Deutsche Ärzteblatt beschrieb die Initiative der Wiesbadener Ärzte als eine »Hoffnung für ein fast vergessenes Volk.« Die große peruanische Tageszeitung »Peru 21« sieht in *Diospi Suyana* ein modernes Beispiel für die Kraft des Glaubens, der Berge versetzen kann. Nicht von ungefähr bedeutet der Name des Spitals in der Quechua-Sprache: »Wir vertrauen auf Gott!«

An ihrer Motivation lassen die Missionsärzte und überzeugten Christen keine Zweifel aufkommen: »Für uns ist der Glaube an Jesus Christus mehr als ein philosophisches Konzept. Wir haben die Liebe Gottes erfahren und möchten sie auf praktische Weise denen weitergeben, die dringend darauf angewiesen sind!«

Diospi Suyana ist in Deutschland als gemeinnützig anerkannt und mit dem Spenden-Prüfzertifikat der Deutschen Evangelischen Allianz ausgezeichnet worden.

Nähere Infos gibt es auf der Web-Seite: **www.diospi-suyana.org**
oder unter der Rufnummer: 0 18 03-6 84 39 96 67.
BB Bank Karlsruhe; Konto-Nr.: 539 4031 (BLZ 660 908 00).

Indianderkinder in Curahuasi – Wer hilft ihnen, wenn sie krank sind?